陶渊明传

王青 著

民主与建设出版社

·北京·

图书在版编目（CIP）数据

陶渊明传 / 王青著 . -- 北京：民主与建设出版社，
2023.10
　　ISBN 978-7-5139-4345-1

　　Ⅰ. ①陶… Ⅱ. ①王… Ⅲ. ①传记文学—中国—当代
Ⅳ. ① I25

中国国家版本馆 CIP 数据核字（2023）第 171934 号

陶渊明传
TAO YUANMING ZHUAN

著　　者	王　青	
责任编辑	吴优优　金　弦	
封面设计	言　成	
出版发行	民主与建设出版社有限责任公司	
电　　话	（010）59417747　59419778	
社　　址	北京市海淀区西三环中路 10 号望海楼 E 座 7 层	
邮　　编	100142	
印　　刷	天宇万达印刷有限公司	
版　　次	2023 年 10 月第 1 版	
印　　次	2023 年 10 月第 1 次印刷	
开　　本	880mm×1230mm　1/32	
印　　张	7	
字　　数	143 千字	
书　　号	ISBN 978-7-5139-4345-1	
定　　价	42.00 元	

注：如有印、装质量问题，请与出版社联系。

第一章

陶渊明的先辈们

自东晋中后期，陶氏家族明显开始走下坡路，但家族内依然有不止一位九卿级别的高官，作为寻阳大族的地位还是较为稳固的。陶渊明对自己的家族与祖先都充满了自豪。

一、曾祖陶侃的一生

东晋兴宁三年，也就是公元365年，对皇室来讲，这不是一个幸运的年份。刚一开年就发生了几件大事：正月庚申（公历2月22日），皇后王氏去世。一个多月以后，二月丙申（公历3月30日），皇帝司马丕在皇宫太极殿西堂驾崩。司马丕喜欢养生之术，长期辟谷、服食丹药，早就有慢性中毒的迹象，虽然才二十五岁，但不能视事已有一段时间了，太后、大臣们对他的去世似乎早有准备。司马丕没有留下后嗣，但在第二天，也就是二月丁酉（公历3月31日），皇太后就宣布由琅邪王司马奕继位。实际上也没有多少选择的余地，在所有候选人中，司马奕与哀帝血缘关系最近，他是哀帝的同母弟，两人都是周贵人的儿子。太后一下诏，便由盛大的仪仗开路，百官排着长队，浩浩荡荡，把司马奕从琅邪王宅第迎接到建康皇宫，算是正式即位。然后皇家开始忙着办理哀帝的丧事。36天之后，将哀帝与王皇后合葬于鸡笼山之阳（在现在的南京鸡鸣寺山及北极阁以西的鼓楼岗一带）的安平陵，此事才告一段落。

就在建康的官员们为皇帝的死亡与继任忙得不可开交的时候，千里之外的江州寻阳①郡柴桑县，本地的第一大族陶氏家族有一件喜事——陶敏的长子出生了，长沙郡公陶侃又多了一位曾孙。陶敏为他取名叫渊明。这是喜事，但称不上是大事，因为陶侃的曾孙可能有数百位。陶敏在家族的地位并不高，就寻阳陶氏这样的大家族而言，并不值得特别的庆祝。但后来的历史表明，这是一件不亚于皇帝死亡、继任的大事件，尤其在中国文学史上，可以说是改变历史的事件。可惜很长一段时间内，历史学家认识不到此事的价值，他们用大量的篇幅记载庸君的死亡与继任，而对陶渊明的出生几乎没有记载，这使得近代学者对陶渊明的生年众说纷纭，介绍这些观点以及它们的根据是非常麻烦的一件事，我们这里径直采用最传统的说法。②

相比于陶渊明生年，更重要的是陶渊明的家族。东晋是门阀社会。在这个社会制度下，出生时的家庭地位，基本上决定了你一辈子的人生轨迹，个人后天的努力很难改变自己的命运。陶渊明出身于寻阳陶氏，就当时的社会观念来看，可以说是他的幸运，但他是陶茂的孙子，陶敏的儿子，这幸运就远不如想象中来得大。要了解陶渊明，必须了解陶氏家族。我们先从陶氏家族的发迹开始讲起。

---

① 寻阳，又作浔阳。本书行文按照前四史及《晋书》所记的通行地名，称寻阳。
② 有关陶渊明的生年、名字、居地、仕宦、作品编年等一系列问题都存在争议，本书叙事原则上根据逯钦立先生所编年谱，采用其他说法时会加以说明。

陶渊明的高祖陶丹是吴国的扬武将军，原来居住于鄱阳县（今江西省鄱阳县）。鄱阳郡是一个盛产宗族武装的地区。黄武四年（225）十二月，鄱阳人彭绮自称将军，率众数万人，攻没诸县。史书又称彭绮为"大帅"，应该就是今人所说的"宗帅"。鄱阳郡的宗族武装人数可以集聚到数万人之多，常常会起来反抗统治者。据唐长孺先生的意见，这些宗部通常就是山越，由宗帅率领，具有一定的军事力量。^① 如果就鄱阳郡下属七县而言，唐先生所说并不错，但就鄱阳郡治下的鄱阳县而言，因其临近鄱阳湖，县境内大部分属水域，地形以丘陵与平原为主，不属于山区，很难产生数万人的山民。鄱阳县的宗部武装可能是由渔民组成的。陶丹被称为扬武将军，我猜想陶丹是鄱阳县的渔民宗帅。吴国灭亡后，陶家被迫迁到了鄱阳湖对岸的寻阳县，这大概是西晋统治者采取的预防措施，目的是割断宗帅与宗部之间的联系，不让他们对统治者形成威胁。

两汉到西晋晚期，寻阳县一直是在长江北岸今湖北省黄梅县的西南一带。长江将当时的彭蠡泽一分为二，长江以南就是现在的鄱阳湖，北面就是现在的龙感湖（古称雷池）等湖泊。实际上，西晋政府是将陶丹一家从彭蠡泽的东南端迁到了西北端。

陶丹一家迁至此处时，寻阳在政治上属于僻远小县。西晋太康元年（280），此时全国刚刚统一，寻阳属荆州武昌郡管辖，郡治在现在的湖北鄂州市，与寻阳相距达330里之遥；州治更在千里之外

---

① 唐长孺：《孙吴建国及汉末江南的宗部与山越》，载《魏晋南北朝史论丛》，河北教育出版社2000年版，第3—27页。

的襄阳。第二年划归扬州庐江郡管辖，离地方首府更远了。庐江郡
治在今安徽庐江西南，距寻阳近 500 里；扬州州治在建康，寻阳距
建康水路在 1400 里左右。此地以渔业为主，属于"卑薄之域"。人
口稀少，无论是平原还是丘陵，大部分土地尚未开发，县境内一片
荒凉。陶氏家族就生活在这样一个偏僻、贫穷、落后的小县。

　　迁徙后不久，陶丹便去世了，留下孤儿寡母。湛氏拉扯着年幼
的孩子陶侃，艰难度日。陶侃的母亲湛氏来自豫章新淦（今江西新
干县）。东晋后期有一个诗人叫湛方生，与陶渊明大致同时，善写
神仙与景物，文字清新，据说就是出身于新淦湛氏。湛氏应该算是
新淦大姓。陶侃母亲并不是陶丹的正妻，而是妾。虽然地位不高，
但湛氏虔诚恭敬，而且勤劳、能干。陶丹去世后，家庭失去了生活
来源，湛氏靠自己缝补浆洗、纺线织布挣的微薄收入供给陶侃。

　　陶侃在乡里有一个朋友叫周访，他们两家都是吴国灭亡后迁徙
到寻阳的。周访出道比陶侃要早，在县里任功曹，他向上面推荐陶
侃，陶侃因此担任了他的第一个公职——鱼梁吏，主管公家的渔场，
这可能是陶家的世业。周访后来将自己的女儿嫁给了陶侃的儿子陶
瞻，两人成了儿女亲家。周访最后官至安南将军、梁州刺史，封寻
阳县侯，和陶侃一样，都是寻阳县出去的大人物。

　　陶侃成为显宦之后，陶侃的母亲也被后世的史家写进了《晋
书·列女传》，但记载的事迹很多都靠不住。据《晋书·列女传》
记载，尽管家境贫穷，但湛氏极有志气。陶侃利用自己主管渔场的
便利，托人给母亲带回了一锅腌鱼，湛氏将这锅鱼原封不动退还，

并写信说："你做官，却拿公家的东西送我，这不但不能帮助我，反而增加我的忧虑。"不过，相似的事迹最先发生在陶渊明外公孟嘉的曾祖孟宗与他的母亲身上。据《三国志·吴书·孙皓传》裴松之注引《吴录》说，孟宗当盐池司马时，自己织网，亲手捕鱼，做成鱼干寄给母亲。孟母将其退还，说："你做鱼官，却拿鱼干寄我，这不是避嫌的做法。"孟宗比陶侃大41岁，应该是后人把孟母的事迹附会到了陶母身上。

湛氏更为人传颂的事迹就是大家所熟知的"剪发待宾"故事。说是一个大雪纷飞的冬日，眼看着天色已经暗了下来，陶侃家中有一位远道而来的朋友投宿。此人乃是邻郡鄱阳郡的孝廉，当地的名流，名叫范逵。当时的孝廉可不是一般人，是州郡选拔出来的中央政府的候补官员，像鄱阳这样一个五万户人口以下的小郡，每两年才能选拔一个，获得这一身份的人通常都是地方上有影响力的人物。这样的身份，完全称得上是贵宾。这位朋友本来是要远赴庐江郡首府舒县的，因此仆马甚众，一帮随从，还有好几匹马都驻留在陶家。此时大雪已经下了数天，室外冰天雪地，陶家家徒四壁，室如悬磬。但寻阳这样的小地方，很少有外郡孝廉的光临，为了儿子的前程，湛氏果断地吩咐陶侃：你只管留住贵客，其他的我来想办法。

拿什么来招待客人呢？湛氏一阵沉吟，不禁用手挠了挠头——头发！湛氏眼前一亮，拔出发簪，乌黑油亮的长发像瀑布一样披散下来，委及地面。她咬了咬牙，拿起剪刀缓缓把头发铰了下来，出门卖钱之后换来了酒食。有了酒食，却没有薪柴，陶母一不做，二不休，干脆将无人居住的旁屋屋柱砍了当柴烧。刚招待客人喝上、吃上，范逵的随从过来吩咐说，随行的马也需要喂养。大雪天的，上哪儿弄草去？湛氏灵机一动，将家里的草席拆散了，去喂范逵等人的马匹。范逵一行酒足饭饱后，看到失去了长发的陶母，心里颇有几分愧意。

这就是《晋书·列女传》记录的著名故事——剪发待宾，这一情节在后世多次被搬上舞台，但故事的范本最早是出现在佛经里的。《经律异相》《根本说一切有部毗奈耶杂事》等汉译佛经中都载有如下供奉事迹：城中有一女子的头发特别漂亮，国王出一千金她都不肯卖。后来佛祖前来，家贫无以供养，她当即以五百金卖了头发以供养佛祖。

由此看来，《晋书·列女传》中的相关记载并不能全信，不过，它所反映的社会背景却是十分真实的。东汉以后选拔官员主要靠"乡举里选"，即由地方推荐。所以地方有影响力的人对选拔德才兼备之士有着很大的话语权。

范逵走的时候，陶侃一路追送，居然送了一百里地。范逵一再让陶侃回去，但陶侃坚持要接着送行。前行中范逵问他想不想在郡府做事，陶侃说："当然想啊，只是苦于没有门路。"范逵回道："或许我可以帮你实现心中所愿。"到了舒县后，范逵拜谒了庐江太守张夔，对他盛赞陶侃的为人。[1] 于是张夔征召陶侃做主簿。这样陶侃从县吏变成了郡府官员。

陶侃对张夔也十分忠诚恭敬。有一次，张夔的妻子生了病，需要到几百里之外请医生。这天同样是一个大雪天，看到齐膝深的积雪，其他下属都面有难色，但陶侃自告奋勇冒雪前往。前后奔波数百里，终于为张妻请来了医生。陶侃的举动显然博得了张夔的好感，再加上有范逵的美言，陶侃顺利地被推荐为本郡的孝廉。

庐江郡毕竟是小地方，陶侃心中的抱负在当下难以施展，他打算到都城洛阳寻求机会。陶侃以庐江郡孝廉的身份来到洛阳后，首先拜访的是以乐于奖掖、提携后进而著称的大名士张华。但因为是败亡之国、僻远小县来的寒士，张华一开始对他并不热情，但陶侃不以为忤，态度愈加谦恭。深谈几次后，张华开始对他刮目相看。在洛阳，陶侃与吴地名流杨晫、顾荣等人有了交往，并建立了良好的声誉，陶侃的名字渐渐为江南所知。

即便如此，陶侃在洛阳的为官生涯并不顺利，他一开始担任的是孙秀的舍人，这是一个被人鄙视的职位。孙秀是孙权弟弟孙匡的孙子，在东吴灭亡前就投降了晋朝。晋武帝任命他为骠骑将军、仪同三司，封会稽公，并将姨妹蒯氏嫁给他。东吴灭亡后，孙秀的利

---

[1] 相关细节不同文献的记载有所不同，这里采用的是《世说新语·贤媛》刘孝标注引《晋阳秋》中的记载："湛虔恭有智算，以陶氏贫贱，纺绩以资给侃，使交结胜己。侃少为寻阳吏，鄱阳孝廉范逵尝过侃宿，时大雪，侃家无草，湛彻所卧荐剉给，阴截发，卖以供调。逵闻之叹息。逵去，侃追送之。逵曰：'岂欲仕乎？'侃曰：'有仕郡意。'逵曰：'当相谈致。'"

用价值降低，降职为伏波将军。当时中原人都轻视江南人，蒯氏是襄阳人，曾经骂自己的丈夫孙秀为"貉子"。孙秀被认为是亡国支庶，中原人士都耻于做他的掾属，但陶侃只是寻阳县的一介寒宦，被中原贵族称为"小人"，所以只能去做孙秀的舍人。

乐广担任吏部尚书期间，由于武库令黄庆的推荐，陶侃跳槽担任了吏部令史，后靠增补得到了武冈县令（县治在今湖南省武冈市）的职位，又因为与邵陵太守吕岳有嫌而弃官。杨晫担任扬州十四郡大中正时，推举陶侃担任了庐江郡的小中正。

太安二年（303），张昌之乱爆发了。荆州刺史刘弘奉命镇压，临行前，征辟陶侃为南蛮长史。从此，陶侃开始了他的戎旅生涯，这是他一生的转折点。刘弘之所以辟召陶侃担任其南蛮校尉府的长史，有可能是看中了陶家原先的宗帅地位和手下的宗族武装。这些宗部有很多是渔民，能够做到白昼击贼，晚上捕鱼，自行解决军粮问题，特别适合长江沿线的水上作战①。这年的六月到八月，陶侃参加了几次大战，依靠陶丹手下的宗族武装，也凭借他出色的军事才能，在镇压张昌的残酷战斗中，扭转了刘弘初战的败局，建立了战功，并因军功被封为东乡侯，食邑一千户。

广陵度支出身的陈敏手下掌握一支护卫漕运的军队，因讨平石冰有功而被任命为广陵相。他驱逐了朝廷任命的扬州刺史并自任

---

① 《晋书·陶侃传》载：侃谓诸将曰："卿等谁能忍饥斗贼邪？"部将吴寄曰："要欲十日忍饥，昼当击贼，夜分捕鱼，足以相济。"（唐）房玄龄等撰，《晋书》，中华书局1974年标点本，下引《晋书》均同此本。

之，据有江东。永兴二年十二月（306），陈敏派弟弟陈恢西上进攻武昌。陶侃被刘弘任命为江夏太守、鹰扬将军，以对抗陈恢。陈敏与陶侃是同乡，而且是同一年被推举做县吏，因此有人怀疑他俩可能联合，出卖刘弘。陶侃将自己的儿子陶洪和侄子陶臻送到刘弘处做人质，以消除刘弘的疑心。在取得刘弘的信任后，多次击败陈恢，平定了陈敏之乱。

光熙元年（306），陶侃的伯乐刘弘病故。永嘉年间，担任江州刺史的是华轶，他上表推荐陶侃任扬武将军，驻军夏口；同时又任命陶侃的侄子陶臻为江州参军。从永嘉元年（307）开始，扬州设立了两个都督。琅邪王司马睿以"都督扬州江南诸军事"的身份出镇建邺；而周馥同时也担任扬州都督，督府设在寿春，职掌应该是都督扬州江北诸军事。西晋时的江州属于扬州都督府，大部分地域都在江南，但华轶不肯听命于设在建邺的扬州都督府，而坚持听命于设在寿春的扬州都督府。司马睿与华轶两人产生了深刻的矛盾。永嘉四年（310），司马睿打败了周馥，陶侃在陶臻的劝说下投奔了琅邪王司马睿。永嘉五年（311），华轶兵败被杀后，陶侃升任龙骧将军、武昌太守。

杜弢之乱起后，陶侃统领周访、赵诱等讨伐杜弢。当时，东南方面的最高军事将领是王敦，他拜陶侃为使持节、宁远将军、南蛮校尉、荆州刺史，管领西阳、江夏、武昌等郡。这一时期，荆、湘两州情况异常复杂，王冲、杜曾、杜弢等都活动于此。陶侃多次与他们交手，双方难以比出来一高二低。由于战斗失利，王敦一度罢免了陶侃的官职，仅以"白衣领职"。但经过艰苦卓绝的战斗后，陶侃终于杀掉王冲，平定杜弢。

但王敦非常忌妒陶侃的功劳，找借口把陶侃降为广州刺史、平越中郎将。陶侃在广州几年，平定了交、广二州，加强了中央政权对这两州的统治，因功被封为柴桑侯，食邑增至四千户。陶氏家族大概就在此时从江北寻阳县迁到了江南的柴桑县。太宁三年（325），王敦之乱平定。此年五月，朝廷任命陶侃为都督荆、雍、益、梁四州军事、领护南蛮校尉、征西大将军、荆州刺史，陶侃重新回到了荆州。

成帝咸和二年（327），苏峻之乱爆发，陶侃的儿子陶瞻被杀。明帝去世时并未将他列入顾命之臣，他认为苏峻之乱的主因是帝舅庾亮处置不当，心中悲愤交加，无心参战。庾亮在遭受惨痛失败后向陶侃求救。在温峤的劝说协助下，陶侃戎服登舟，加入了讨伐苏峻的行列，被各路军阀推举为盟主。咸和四年（329）二月，苏峻之乱平定。三月，陶侃被任命为侍中、太尉、都督交广宁七州军事，封长沙郡公，食邑三千户，可谓位极人臣。

咸和九年（334年）六月，陶侃在病中上表逊位，派左长史殷羡将官印、节传等送还朝廷。六月十二日，陶侃乘车离开武昌，到渡口乘船，准备返回封地长沙。次日因病在樊溪去世，享年七十六岁。根据他的遗嘱，众人把他葬在长沙以南二十里的地方。他的旧部又在武昌城西为他刊石立碑、作画像。成帝下诏追赠陶侃为大司马，赐谥号"桓"，以太牢之礼祭祀，备极哀荣。

陶侃的一生可以说是一个精彩的励志故事。这位被中原贵族轻视的渔民宗帅后代，在西晋这样的门阀社会里，靠着寒门子弟独有的勤勉、节俭、精打细算，与其父祖留下的宗族武装，在两晋交替的动荡政局中因缘际会，荣居高位，光宗耀祖，称得上是一个奇迹。陶侃的勤勉和当时高门贵族中盛行的祖尚浮虚、简傲放诞的生活态度与生活方式格格不入。据《晋书·陶侃传》记载，陶侃聪敏忠义又勤勉努力，虽然需办职事千绪万端，但从无遗漏。收到的每一封书信，都亲自手答，及时回复，决不延宕。他被王敦降职担任广州刺史时，闲居无事，每天早晨把一百块砖头从房里搬到房外；到了晚上，又从屋外把砖头搬到屋里。部下忍不住问他为什么这样做。陶侃说："中原扰攘，朝廷正致力收复中原。过于优裕闲散的生活过久了，恐怕不能担当重任。"所以，他每天搬砖活动筋骨，保持勤勉。

陶侃两度担任荆州刺史，官虽然做得大了，可他依然十分努力，珍惜时间。他常常对他的部下说："大禹是个圣人，还爱惜一寸光阴。普通人更应该珍爱光阴。终日游逸，沉湎于酒精，成天醉醺醺的，活着没有贡献，死后默默无闻，那是自暴自弃！"

魏晋时，喝酒是名士风度，赌博是流行习尚。上层贵族带头，下层民众效仿，蔚为风气。陶侃本人不喝酒，不参赌。他部下很多将领、官吏喜欢喝酒、赌博，往往因此耽误了公事。陶侃知道了非常生气，不由分说，让人把酒器和赌具一股脑儿全部扔到江里，并将那些将领、官吏鞭打一顿。自此之后，大家都吓得不敢再赌博、喝酒了。

陶侃即便官做得很大了，他依然保留了许多寒门子弟的勤劳朴素的习性。有送他礼物的，他一定会问礼物从何而来，如果是自己力作获得的，礼物再微薄也很开心，加倍赏赐；若非法获得，就严厉责骂，退还礼物。荆州在长江边上，官府造船，常常留下许多木屑和竹头。陶侃吩咐人把它们收藏起来。大家都不懂他为什么要这样做。有一次过春节，积雪始晴，听事厅前面尚有未化开的余雪，又湿又滑，不好走路。陶侃吩咐管事的官吏，把仓库里的木屑拿出来铺地，这样，走路的时候就不再怕滑跤了。桓温讨伐蜀地，造战船需要竹钉，陶侃就把所收藏的竹头拿出来做竹钉。这时候大家才知道陶侃收集木屑和竹头的用处，佩服他考虑得周到。

陶侃发达后，对那些在他寒微时帮助过他的人一一加以报答。庐江太守张夔是征召他担任主簿的老上司，他命张夔之子张隐为参军。范逵是推荐人，于是任命范逵的儿子范珧为湘东太守。刘弘是他的恩主，陶侃征辟刘弘的曾孙刘安为掾属。早年王敦与陶侃有矛盾时，曾经想杀掉陶侃，由于梅陶的劝阻才改了主意。陶侃尊显后专门上表奏请表彰梅陶。总之，他有恩必报。陶侃实际上是有能力的寒门阶层的代表，东晋时期，像他这样突破阶层限制而取得成功的人物很罕见。

二、陶氏家族与陶渊明的父祖

　　自从陶侃去世之后，陶氏家族的地位是不断下降的。这有以下几方面的原因：首先是因为陶侃的出身。东晋时期，来自不同地区的贵族社会地位是有明显差异的。地位最高的是来自中原地区的南渡贵族。而江南本土的贵族中，三吴地区的贵族地位较高，尤其是所谓吴地四姓——顾、陆、朱、张，这些旧姓贵族地位仅次于侨姓贵族；南方其他地区的贵族则次之。陶侃来自江州寻阳，而且还称不上是贵族，本出业渔之贱户，靠军功升上高位。当时的统治者只是利用他的实力与能力，骨子里对陶侃却充满着鄙薄。苏峻之乱时，庾亮战败，忧怖无计，温峤劝庾亮去见陶侃，庾亮犹豫不想前往，温峤曰："溪狗① 这个人我了解，您尽管见他，必无忧！"

---

① 　陈寅恪先生认为陶侃可能出身于少数民族溪族。(见《〈魏书·司马睿传〉"江东民族条"释证及推论》，载《金明馆丛稿初编》，生活·读书·新知三联书店2015年版)但陶侃父亲的原居地为鄱阳县，此地并非溪族聚居地。窃以为"溪狗"并非对溪族的蔑称，而是对陶侃年轻时从事的行业——渔业的蔑称，意思和王珉骂谢玄"溪中钓碣"相同。这里的"碣"就是"猲"，也就是"狗"。谢玄显然不会是溪族，但他喜欢钓鱼。陶侃一生的诸多故事与渔业、渔民有密切关系，所以，温峤称陶侃为"溪狗"。

也正因为陶侃是靠军功上位，长期担任荆州刺史，晚年时位居三公，握重兵，镇上流，对处于下游的朝廷是一个巨大的威胁。加上陶侃善于营聚，死后有媵妾数十位，家僮千余人，珍奇宝货富于天府。既有财力，又有军力，大家都怀疑他有不臣之心。尽管陶侃晚年多次表现出冲让之举，声称自己知止知足，没有更多的野心，但当时掌权的重臣依然对他及其后人高度戒备。

其次，陶侃是军人，文化程度不高，对文人不重视。王隐是当时的史学家，写成《晋书》八十卷之后，因家贫无纸，一直无法誊抄成书。于是到荆州投靠陶侃，希望陶侃能够资助他完成此书，但未能如愿。于是又到江州投靠庾亮，这才获得纸墨，写成《晋书》。这虽是件小事，但反映出中原老牌贵族庾亮与新进武臣对文人的不同态度。这使得史书对陶侃子孙的记载常有微词，也影响了后人对陶氏家族的评价。

《世说新语·文学》中记载了这么一件轶事：袁宏起初写《东征赋》的时候，没有一句话说到陶侃。陶侃的儿子陶范（小名胡奴）就把他骗到一个密室里，拔出刀来指着他，问道："先父的功勋业绩这样大，您写《东征赋》，为什么忽略他？"袁宏很窘急，无计可施，便回答说："我大大地称道了陶公一番，怎么说没有写呢？"于是临时编词："精金百炼，在割能断。功则治人，职思靖乱。长沙之勋，为史所赞。"《世说新语》记载这段轶闻原意是想称道袁宏的急智与倚马可待的文才，但也反映出当时文人对陶侃的功业是比较轻忽的。

最后，因于寻阳陶氏不是一个礼法家族，这样的家庭对子女的教育常常是有缺陷的。陶侃一死，家族就陷入了兄弟相阅的悲剧。陶侃有儿子十七人，只有九人的名字在史书上有记载，其余的都不著名。名字被记入正史的九个儿子中，陶洪早卒。最有出息的是第三子陶瞻，少有才器，曾经担任过庐江、建昌二郡的太守，封为都亭侯，可惜后来死于苏峻之乱。陶瞻死后，由陶夏为世子，继承长沙公的爵位。陶侃的军队则由陶夏、陶斌、陶称三子掌握，各自拥兵数千。陶斌曾经担任过尚书郎。刚刚将陶侃送回长沙安葬，他就试图夺取封地的器仗财物，被陶夏所杀。庾亮上表请求放黜陶夏，奏章尚未送到京师，陶夏也生病死了。

陶家另外一位掌握军队的儿子陶称卷入了王导与庾亮之间的矛盾。陶侃在世时，曾经不止一次与庾亮、都鉴讨论过废黜王导，因为都鉴坚决不同意而作罢。当庾亮第二次准备废黜王导时，陶称曾经去密信让王导暗中防备。后来王导与庾亮关系缓和，陶称成了牺牲品，被庾亮以莫须有的罪名诛杀。至此，陶氏家族基本已经不再掌握军队，而没有军队的陶氏家族在东晋政局中的影响力就大大减弱了。

陶夏死后，根据皇帝下的诏令，陶侃的爵位由陶瞻的儿子陶弘继承，这一支成了陶氏的大宗，子孙不绝，一直到刘宋才从长沙郡公降为吴昌侯。但陶弘这一支很早就迁到了陶侃的封地——长沙郡，已经不在寻阳居住。

陶侃儿子中，另一位有爵位的是陶旗。陶旗当时有凶暴之名，他的官职是散骑常侍，爵位是郴县开国伯。也就是说，陶氏家族最重要的两支都搬迁到了今湖南地区。陶旗这一支在刘宋建国之后，被废。

其他的几个儿子，陶琦官至司空掾，陶范为光禄勋，陶岱为散骑侍郎，都是文职。作为军功家族的陶氏不可避免地逐渐开始了文士化的过程，希望进入到士族阶层。但由于父祖出身贫寒，家族的文化程度不高，要被南渡的中原贵族承认十分困难。

在陶侃的儿子中，最出名、声誉最好的是第九子陶范，小名叫胡奴。但即便是陶范，也会面临不被士族阶层认可的尴尬。琅邪王氏是一流高门，王氏家人王胡之在东山隐居的时候很贫困。陶范当时任乌程县令，就运一船米去送给他。王胡之坚决不肯收下，回话说："我如果饿了，自然会到谢仁祖那里要吃的，不需要陶胡奴的米。"可见官方封爵与社会声誉、地位并不能完全等同。

陶侃的第三代成员社会地位继续下降，家族中开始出现隐士，这通常是仕进之途不畅而导致的无奈选择。陶夏的儿子叫陶淡，字处静。因为陶夏死得早，陶淡从小成了孤儿。他开始信奉仙道，喜欢导养之术。十五六岁，就服食绝谷，不婚娶。陶淡的家境与陶渊明不一样，他家累千金，僮客数百，但他终日闲适清静，默默无为，决不过问经营。喜欢读《易》，善于卜筮。陶渊明的这位族叔似乎有严重的社交恐惧症。他在长沙临湘山中结庐而居，养一头白鹿做伴。一旦家人朋友想要见他，他立马渡涧水而走，不让人靠近。州里辟举他做秀才，他竟然转往罗县埠山深处，终身不返，后来莫知所终。

在没有被记入正史的陶侃的八个儿子中，其中一个名叫陶茂，他便是陶渊明的祖父。[①] 从种种迹象判断，陶茂在陶侃的众多儿子中排序不高，在第九名开外，估计陶茂的母亲不是陶侃的正妻。但无论如何，作为陶侃的儿子，陶茂仍然能享受家族带来的荣耀。据陶渊明《述祖》诗说，陶茂既担任过中央政府的官员，也担任过地方官，而据陶氏宗谱说，陶茂担任的地方官职是武昌太守。

现存的十本陶氏宗谱中大部分都说陶渊明父亲叫陶敏，个别宗谱说叫陶逸，但一致记载他担任过姿城太守。不过，两晋时期并无姿城，但有安成郡，陶敏担任的可能是安成太守。族谱中的很多记载不一定靠得住，我们姑妄听之。陶渊明夸赞父亲时没有提及他担任的官职，只是说他"淡焉虚止……冥兹愠喜"。大概是没有出色的政绩，只能称扬他性格恬淡，喜怒不形于色。

陶弘这一支由于继承长沙公的爵位，迁居到了封地长沙郡。陶侃的第五代传人也就是陶弘的孙子陶延寿曾经到过寻阳，和陶渊明已经非常陌生，形同路人。陶渊明写了一首诗《赠长沙公》，前面有一个小序："余于长沙公为族，祖同出大司马。昭穆既远，以为路人。经过寻阳，临别赠此。"[②] 诗云：

---

① 一说陶渊明的祖父叫陶岱。

② 此处标点采用杨时伟、龚斌的意见，详见龚斌《再论陶渊明〈赠长沙公〉诗》，载《江西师范大学学报》2016 年第 4 期，第 110—116 页。

同源分流，人易世疏。慨然寤叹，念兹厥初。

礼服遂悠，岁月眇徂。感彼行路，眷然踌躇。

于穆令族，允构斯堂。谐气冬暄，映怀圭璋。

爰采春花，载警秋霜。我曰钦哉，实宗之光。

伊余云遘，在长忘同。笑言未久，逝焉西东。

遥遥三湘，滔滔九江。山川阻远，行李时通。

何以写心，贻此话言。进篑虽微，终焉为山。

敬哉离人，临路凄然。款襟或辽，音问其先。

　　意思是自己与长沙公是同一宗族，都是大司马陶侃的后裔；由于世次相隔已远，彼此竟互不相识；这次他路过寻阳而得相会，临别之际，以此诗相赠。在此诗中，陶渊明以长者的身份，一方面感叹宗族的悠久历史，赞美宗族的传统美德。另一方面赞扬长沙公能继父业，并勉励其不断进德修业，并希望日后常通音讯。

　　总之，东晋中后期，陶氏家族明显开始走下坡路，但家族内依然有不止一位九卿级别的高官，作为寻阳大族的地位还是较为稳固的。陶渊明对自己的家族与祖先都充满了自豪。

三、武昌孟氏与外公孟嘉

　　魏晋时期，婚姻特别讲究门当户对。大族对联姻的家族有严格的规定，娶（嫁）了门第不相当的家族与担任了不合适的官职一样，是贵族最大的耻辱，被称为"婚宦失类"。这使得一流高门的婚姻选择变得非常有限，因为能够与他们这样的门第相匹配的家族是少之又少。东晋时期，很多家族之间都是世代通婚，亲上加亲。比如琅邪王氏是一流高门，家族中的王羲之娶了太尉郗鉴的女儿，王羲之的第七子王献之则娶了郗鉴的孙女郗道茂。陶侃担任过武昌太守，担任荆州都督时驻守在武昌，因此，陶家世代通婚的对象是武昌郡阳新县的孟氏家族。

　　武昌孟氏是世代望族。陶渊明的外公叫孟嘉，孟嘉的曾祖父孟宗，官至东吴司空。司空是三公之一，几乎是人臣的最高职位了。孟宗是一个大孝子，做官时每得新奇的食物，给母亲寄去尝新之前，决不先吃。传说，他母亲爱吃竹笋，冬节将至，找不到鲜笋，他入竹林悲泣，奇迹出现了！竹林中突然长出了笋芽，由此得以奉母。后来，"孟宗哭笋"成为二十四孝故事之一。

孟嘉的祖父孟揖在西晋元康时官至庐陵太守，可见武昌孟氏是当地的世家大族。孟嘉本人娶了陶侃的第十个女儿，而他自己的两个女儿分别嫁给了陶侃的两个孙子，即陶渊明的父亲与叔父。

大概陶渊明年少时很多时间在外祖父家里生活，所以，他接受母系家族的影响更多一些，陶渊明的母系亲属对陶渊明气质性格、人生态度的影响更为直接与重要。陶渊明非常喜欢他的外公，他亲自为外公写过一篇传记，名为《晋故征西大将军长史孟府君传》。根据史书记载与陶渊明的这篇传记，可知孟嘉与陶侃完全不是同一类人。文中的孟嘉冲默有远量，温雅平旷，不徐不疾，喜怒不形于色，是典型的名士型人格。如果与陶渊明的自画像《五柳先生传》比较一下就会发现，这祖孙俩无论是学问、性格、爱好还是人生态度都如出一辙。其中有先天的基因遗传，比如说孟嘉有脚疾，陶渊明也有脚疾，但更多的是后天的熏陶与感染。

庾亮是晋成帝的舅舅，当时担任都督江、荆、豫、益、梁、雍六州诸军事，兼任江州、荆州、豫州三州刺史，驻守在武昌。通常来说，州府辟举的僚佐是本地人。两晋时期，武昌郡属江州管辖。作为江州刺史，他辟举江州武昌人孟嘉担任从事，分管庐陵郡的各种事务。有一次，孟嘉被派到他所负责的庐陵郡出差调研，回来后，庾亮专门接待了他，问及庐陵的风俗状况、政治得失，孟嘉竟然说："我不知道！要回传舍去问问手下。"以现在的眼光来看，这是典型的不负责任。但在东晋，不理闲杂政务却是值得称道的名士风度。庾亮不以为忤，反而用麈尾掩口而笑。等到部下离开之后，庾亮对他的弟弟庾翼说："孟嘉确实是具备美德之人。"

尽管高门贵族不理事务是东晋流行的风气，甚至是身份的体现，但作为别人的属官，这样不负责任的行为依然是不适宜的，孟嘉不愿尸位素餐，主动辞去了吏职，徒步归家，与母亲、兄弟们享受愉悦的家庭生活。庾亮当时正在江州提倡儒学，大力新建学校，并挑选能够教授儒学的教员，而孟嘉有着极高的名望，也有真才实学，没有人比他更适合负责教育工作。所以仅过了十多天，便让孟嘉担任劝学从事[①]。孟嘉没有推辞，欣然应下这劝学修礼之事。

孟嘉虽然职务不高，却胸有雅量、气度恢宏而又性情淡泊，才学横溢，因而成为高士榜样而名冠江州，甚至名震京师。褚裒当时任豫章太守，到武昌拜会顶头上司庾亮。正月初一那天，大会州府人士，座中诸客，全是一时俊彦。孟嘉的座位离主座很远。褚裒向庾亮打听："听说江州有位叫孟嘉的高士，他来了吗？"庾亮答："就在座中，你自己找找看。"褚裒一个一个看过去，突然指着孟嘉对庾亮说："莫不是他？"庾亮抚掌而笑，既欣喜褚裒能得到孟嘉，也惊奇孟嘉能为褚裒所得，从此之后，对孟嘉更加器重。

孟嘉曾经做过江州刺史谢永的别驾（相当于州长办公室主任）。谢永丧亡，孟嘉急忙赶赴会稽（今浙江绍兴）吊唁，经过永兴（今杭州市萧山区）。著名的玄言诗人许询客居于此，坐船时看到有船

---

① 是负责推动教育工作的吏员。

擦身而过，船中的乘客气度雍容，神情不凡。许询心想："京师都邑的名流俊彦，我都识得，眼前之人却未曾见过。难道这就是传闻中的中州孟嘉？"于是，他马上派人上前询问。孟嘉对使者说："本来就想来看望您家先生，但当前急着奔丧，回来后一定来拜访。"等回程时，他到许询处住了好几天。两人一见如故，谈论甚为投契。

永和四年（348），桓温因为平定蜀地的功绩，被朝廷任命为征西大将军，开府仪同三司，辟召孟嘉在征西大将军府中任参军。两人的关系似乎颇为融洽，陶渊明多次提到孟嘉与桓温之间的交往。

魏晋时期的名士中特别流行饮酒的风气，此一时期有关饮酒的趣闻轶事特别多。陈留阮氏这一族的人都很能喝。有一次，阮籍的侄儿阮咸与族人共饮，喝得畅快，大家披散了头发，光着膀子，不再用普通的酒杯，直接用大瓮装酒，众人围瓮而坐，直接在大瓮上对喝。有一群猪也凑过来喝酒，猪嘴把酒瓮都弄脏了，他们就把浮在上面的那层酒舀掉，接着喝。很多名士畅饮后相当失态，行为放荡不羁。孟嘉虽然喜欢酣饮，但从不失常态，只是旁若无人，放任自得，和乐安适。

有一年农历的九月九日，也就是重阳节，大将军桓温邀集宾客幕僚作登高盛会，在龙山顶上大摆筵席，饮酒赋诗。出席节宴的军府职员都穿着戎装，杯盏相酬，兴致很高。突然一阵风刮过，把将军府参军孟嘉的军帽吹落在地。孟嘉这时已有几分酒意，竟然没有察觉帽子已不在头上。主人桓温看见后，用目光示意左右及宾客不要提醒，想观察孟嘉醉后的窘态，并提供纸笔让谘议参军孙盛当场写一篇文章嘲戏他。孙盛是著名的文人，文思敏捷，立马成文，写完后放在孟嘉的座位上。没料到孟嘉虽显醉意，但神志不乱。拿起文章草草一看，立马提起笔来，回了一篇文章相酬答。这篇文章文辞超卓，四座叹服。

桓温与孟嘉之间有很多对话，有的应答非常精彩。桓温曾经问过他："酒到底有什么好处，你如此喜欢？"他笑道："阁下是不知道其中的乐趣啊！"

陶渊明的诗，不少都飘出酒香，他甚至连续写了二十首饮酒诗。在序中，他写道："余闲居寡欢，兼比夜已长，偶有名酒，无夕不饮。顾影独尽，忽焉复醉。既醉之后，辄题数句自娱；纸墨遂多，辞无诠次。聊命故人书之，以为欢笑尔。"有好酒的话，每晚必酌，高兴了喝，不高兴了喝，自己独饮，与人共饮。喝了酒后忍不住吟诗作文，且篇篇经典。看来，祖孙两人在饮酒上的造诣是不分伯仲啊！

除了任诞、旷达之外，孟嘉的另一个品性似乎也深刻地影响到了陶渊明，那就是赤诚。从东晋的政治、军事地理来看，有两个中心地区，一为建康（今南京），一为荆州（首府江陵，今湖北江陵）。荆州一地处于长江上游，相较地处下游的京都建康有地理位置上的优势；而且地广兵强，士兵作战勇悍，具有很强的军事实力；加上辖区广大、人力物力丰富，具有很雄厚的经济基础。因此，荆州的方镇大员往往有与中央政府抗衡的野心与实力。而江州处于荆州与建康之间，此地多流民，丰粮谷，所以，每当荆州方镇与建康朝廷有矛盾时，江州就成为两者争夺的要地。自从公元345年起，朝廷把荆州这个军事重镇交给桓温镇守，并让其持节都督荆、司、雍、益、梁、宁六州诸军事，并领护南蛮校尉，桓温便成了长江上游兵权的实际掌控者。孟嘉曾经为桓温出使建康，朝廷任命他担任尚书删定郎，这个官职主管的是修改审定律令。孟嘉不谢官，也不就职。穆帝司马聃很早就听说孟嘉的才名，要在东堂亲自召见表示恩宠。孟嘉不想见，以有足疾、不便拜见为由推辞，皇帝只好下诏派人扶着他觐见。事实上，穆帝做皇帝的时候只有两岁，直到孟嘉去世时，他也不过十二三岁。所以这些行为肯定不是穆帝本人的意愿，而是当朝大臣何充、褚裒或者琅邪王氏等大族的主意。孟嘉毅然离开京师，回到桓温身边，在桓温幕府中担任从事中郎。

孟嘉直接拒绝朝廷的任命与皇帝的恩宠，表明在建康与荆州之间，他选择效忠荆州。孟嘉一直做到荆州长史，五十一岁时，因病而逝。

在孟嘉死后，陶渊明的叔父太常陶夔曾经问孟嘉的同事刘耽："如果孟嘉还活着的话，有没有可能做三公呢？"三公就是司徒、司空与太尉，是大臣中的最高官职。刘耽说："他本来就是当三公的人。"可见时人评价之高。陶渊明称孟嘉这一辈子"行不苟合，言无夸矜"，即行为有原则，从不附和迎合，言论不炫耀夸饰，不说大话、假话。外祖父那种耿介实诚、沉静旷远的气质深深影响了陶渊明。

孟嘉有个弟弟叫孟陋，字少孤。因为长兄已经出仕，孟陋就在家闲居，布衣蔬食，以文籍自娱，从不谈及世事，也未曾交游。有时弋猎，有时钓鱼，兴来独往，即便是家人也不知其所之。母亲去世后，十余年不饮酒食肉，因为哀伤，毁损了身体。简文帝司马昱为丞相时，征辟他担任参军，他称疾不起。桓温亲自登门拜访，有人对桓温说："孟陋行为高尚，学问可称是儒学宗师，应该请他在州府任职。"桓温叹道："连司马昱都请不动他，这不是我敢考虑的人。"孟陋听说后解释道："亿万人当中，百分之九十都是无官之人，难道都是高士？我真的只是因为生病无法供职罢了，并不是为了赢得高名。"

这些先辈的言行、性格，对陶渊明的影响似乎比父系家族还要大。

第二章

陶渊明的青年时代

　　陶渊明年少时喜欢读书，学识广博，擅长写文章。其青年时期的创作虽然也是从继承开始，但他并非一味模仿，而是有改进，有超越，在向前人学习的过程中慢慢建立起了自己的特点与风格。

一、主相与荆扬之争——东晋后期的政治态势

　　东晋一朝是所谓门阀政治，相对而言皇权较为衰落，主要依靠几个门阀贵族实现共治。陶渊明九岁那年，掌握统治大权的桓温去世，最初由谢安与王坦之共同辅政，不久，王坦之也死了。实权由以谢安为代表的陈郡谢氏掌握。陶渊明十九岁那年，北方的苻坚入侵，谢安在建康运筹帷幄，谢安的侄子谢玄在前线指挥军队，以弱胜强，取得了大胜，保全了东晋王朝的国祚。这就是著名的淝水之战。谢氏家族的声誉与权力也达到了顶峰。但两年之后，谢安去世了，孝武帝让自己的同母弟司马道子执掌朝政。司马曜与司马道子两人是一母所生的亲兄弟，同样生长在信奉天师道的环境之中，两人又同样佞信佛教，而且他俩都喜欢饮酒，整日沉湎酒色；他们所娶的也都是同一个著名门阀家族——太原王氏的两个女儿：孝武帝的皇后王法慧是尚书左仆射王蕴的女儿，司马道子的正妻则是王坦之的侄女、王国宝的堂妹。这样的两兄弟一为皇帝，一为宰相，按说应该是伯埙仲篪、君唱臣和。没想到不久之后主相之间就开始倾

轧内斗。内斗的起因主要是人事任命，大家都想用自己的亲戚与亲信。孝武帝重用王皇后的两位兄弟王恭与王爽，而司马道子则依赖王妃的两位堂兄弟王国宝与王忱，后来矛盾激化，遂使得皇后与王妃家族亦即太原王氏二支之间展开生死搏斗。

主相矛盾也触发了原本长期存在的荆扬上下游之间的矛盾。我们上文说过，东晋朝一建立，居于上游、拥有重兵的强藩荆州就对处于下游的扬州朝廷构成巨大威胁。掌控荆州的强藩如王恭、陶侃、庾亮、桓温等往往是朝政的实际掌控者，而朝廷则处心积虑地要削弱荆州霸府的权力。这一局面到孝武帝时期有加剧的趋势。

桓温从永和元年到兴宁三年，担任荆州刺史达 20 年之久。桓温死后，担任荆州刺史的分别是桓豁（12 年多）、桓冲（7 年多）、桓石民（5 年多），也就是说，桓氏家族掌控荆州达 40 余年之久。桓石民去世后，荆州刺史这一职位按理应该由继承南郡公爵位的桓温世子桓玄担任，但由于桓温后期不臣之心甚为显著，朝廷对桓玄一直高度戒备，掌政的司马道子将荆州刺史这一职位交给了他妻子的堂兄弟王忱，而让桓玄担任太子洗马这样的闲职，后又让他出任义兴太守。桓玄对此极其不满，弃官回到江陵，以南郡公的身份居住于江陵。经过桓氏家族近五十年的经营，桓氏的门生故吏遍布荆州，而且还长期掌控军队，桓玄在荆州的实力不可小觑，他一直在荆州等待机会。

太元十四年（389）六月和太元十五年（390）正月，镇守江陵的荆州刺史桓石民和镇守京口的青、兖二州刺史谯王司马恬相继死去，对上下游的争夺遂成为主相相持的焦点。伍江陵、京口两藩分别为王忱和王恭所得，此年八月，司马道子又以其同党庾楷为豫州刺史。太元十七年（392）十月，王忱病死于荆州刺史任上，司马道子欲以王国宝继其弟为荆州刺史，孝武帝自然不乐见荆州这块肥肉落入司马道子手中，他迅速采取行动，不经司马道子所控制的吏部铨选，以"中诏"（宫中直接发出的帝王亲笔诏令）任命心腹近臣殷仲堪为荆州刺史。与此同时，孝武帝还任命"以才学文章见昵"的郗恢代替以老病退的朱序为雍州刺史，镇守襄阳。通过这一系列的人事变动，孝武帝在主相相争中占了上风。

二、江州的文化环境与寻阳柴桑地位的变迁

在陶渊明出生之前，在建康、会稽、江陵等重要城市，清谈活动是风靡的时尚。清谈有一点类似于现在的辩论比赛，有一套约定俗成的程式，辩论的双方分为主客，人数不限，有时两人，有时三人，甚至更多。一方提出自己对主题内容的见解，以树立自己的论点，称为"立解"；另一方则通过对话，进行"问难"，推翻对方的结论，同时树立自己的理论。在相互论难的过程中，其他人也可以就讨论主题发表赞成或反对的意见，称为"谈助"。一开始，这种辩难的形式主要用于讨论儒家经义，到魏朝太和、正始时期，开始讨论玄学问题，并被称为清谈。这种活动在南渡前后达到高潮。《世说新语·文学》中有很多清谈活动的记载，从这些记载来看，当时讨论学术问题的场所不是在名士家的客厅，就是在人物聚集的宴会上，名士们一见面、一碰头就辩论。

西晋末年，裴遐娶太尉王衍的女儿为妻。婚后三天，王衍大会宾客，邀请诸女婿聚会，当时的名士和王、裴两家子弟齐集王家。

照一般情况，宴会完了应该是举行一些娱乐活动，可是王衍家的宴会结束后，接着就是一个辩论会。著名的玄学家郭象先发言，裴遐与之辩驳。郭象才识渊博，把玄理铺陈得很充分。裴遐却慢条斯理地梳理前面的议论，义理情趣都很精微，满座赞叹称快。王衍也很惊奇，对大家说："你们不要再辩论了，不然就要被我女婿困住了。"

东晋初年，著名的美男子卫玠渡江后去拜见大将军王敦，夜坐清谈。王敦邀来谢鲲，卫玠见着谢鲲后非常喜欢，两人一直谈到第二天早晨，王敦整夜都插不上嘴。卫玠向来体质虚弱，一直被他母亲管束着不让太劳累；也许是这一夜太疲乏，加重了病情，此后便去世了。

到了东晋中期，清谈依然是在南渡贵族中流行的时尚。无论是建康、会稽，还是荆州，都盛行清谈。在桓温的幕府中，有很多清谈名家。比如范汪、孙盛、谢安、郗超、王坦之等，孟嘉肯定也受到不少熏陶与习染。有一次，桓温与孟嘉闲聊，问道：艺人表演，弦乐之声不如管乐，管乐则不如人声，不知为何如此？孟嘉回答说："渐近自然耳。"相对于弦乐器，管乐器的人为加工要少，而人声则纯出天然；这表明越是天然的事物就越珍贵高尚。这一回答点出了当时流行的自然主义思潮的要义，众人均以为是妙对。孟嘉与桓温的这些对话，就颇有清谈的机锋在。桓温的儿子桓玄也习于清谈。桓玄和荆州刺史殷仲堪在一起清谈，常常互相辩难。一年多后，辩论的次数少了，桓玄感叹自己的才思越来越倒退了，殷仲堪却说："其实是您领悟得越来越深了。"

不过，在江州地区，清谈之风不甚流行，历任江州刺史都崇尚儒学。东汉时，官学是最重要的传授儒家思想的阵地，但从东吴开始，江南地区一直没有朝廷设立的正式官方教育机构，只有个别地方官员，按照自己的兴趣在地方上鼓励学者讲学、教授儒学。两晋时期这一局面并没有太大的改观。相对而言，江州尤其是豫章郡是比较重视儒家教育的地区。西晋末年，华轶任江州刺史时，专门设置了儒林祭酒以弘扬儒学。庾亮兼任江州刺史时，崇修学校，高选儒官，辟举孟嘉当了江州的劝学从事。晋成帝时，陈留人范宣是一个博学的儒家学者，尤其擅长三礼，渡江后居住在豫章。他闲居屡空，以读诵为业。谯国戴逵等皆闻风宗仰，自远而至，讽诵之声有若齐、鲁。孝武帝太元年间，顺阳范宁特别喜欢经学，是研究《春秋穀梁传》的大家。他在担任豫章太守的时候，崇学敦教，大设庠序，远近至者千有余人，郡内大户人家子弟都来入学。不过，这些活动的主要地区是在距寻阳二百里之外的豫章郡。寻阳郡的儒家教育显然不如豫章郡那样兴盛，陶渊明的儒家教育主要是来自家庭，尤其是母系家族。他的外公孟嘉曾担任江州的劝学从事，显见有很出色的儒学素养。

东晋晚期的寻阳与陶家刚迁来的时候相比有了巨大的改变，这一改变是从西晋后期开始的。西晋后期，八王之乱在全国造成动荡与混乱局面，为了应对这一政局，西晋的行政区域做了重大调整。晋惠帝元康元年（291），将原属于扬州和荆州的十个郡分出来，新成立了一个新的州——江州。太安二年（303）张昌起义，先后攻克江夏、武陵、零陵、豫章、武昌、长沙等郡，晋平南将军、镇南大将军和南阳、武昌等五郡太守相继被杀。虽然起义很快即被平定，但朝廷意识到必须加强对长江险要位置的控制。寻阳处于荆、江、扬三州交界地带，控扼中流，军事战略地位非常重要，因此，惠帝永兴元年（304），把庐江郡的寻阳县和武昌郡的柴桑县两个县独立出来，成立了一个新郡——寻阳郡，以控制这一枢纽地带。寻阳郡属江州管辖。

怀帝永嘉二年至五年间（308—311年），随着江北地区的军事政治形势不断恶化，原在江北古兰城（今湖北黄梅县西南）的寻阳县治南移至江南之溢口城之南鹤问寨（今九江市城北九公里处）。江北故地北部划归蕲春，南部仍属寻阳县（大概以今太白湖、龙感湖一线的古长江为界）。同时，九江县废入柴桑；寻阳郡遂得领柴桑、寻阳、彭泽、上甲四县。安帝义熙八、九年间（412—413年），寻阳县并入柴桑县，上甲县并入彭泽县，原有的两个侨寓在寻阳县境内的侨郡松滋与弘农下降为县。后来，松滋和弘农这两个侨县干脆并入柴桑县。所以，寻阳郡有实土的就剩下两个县：柴桑县与彭泽县。

更加重要的是江州州治的变化。江州的州治起初是在豫章（今江西南昌市），在东晋成帝的咸康六年（340），移治溢口城（寻阳）。这样一来，扬、荆、江三州的州治和军府都在长江沿岸，三州加上侨置的豫州、徐州，大体上构成一条划江而守的防线，依长江天堑而据守。寻阳的郡治就设在柴桑县。由此，柴桑从一个距离州治千里之遥的僻远小县一跃而成为州、郡两级的政治中心。

东晋的州刺史通常都带将军号，绝少不带将军号的所谓单车刺史，所以刺史下属除了州府成员外，还要开设军府并募请军府成员。另外，西阳县（今湖北黄冈市东）是少数民族五水蛮的根据地。桓温坐镇荆州时，有意加强对西阳蛮的控制，以桓氏宗亲为镇蛮护军、西阳太守，并任江州刺史。桓云、桓石秀任江州刺史时，除了振威、宁远将军之号外，还领镇蛮护军、西阳太守。因此，柴桑县治还是镇蛮护军府的所在地，是地方性的军事中心。与南蛮、西戎校尉一样，镇蛮、安远等杂号护军也有相应的府署职员。

这一时期，江州地区的经济也有了突飞猛进的发展。西晋末年北方人口大量南渡，江州寻阳接纳的是主要来自松滋（在湖北省南部、长江南岸）、安丰（治今安徽霍邱西南）的移民。疆域远比西晋时扩大，人口数量也有较大的增加。刘宋时期的寻阳郡有 2720户，16800 多人，但这是常住居民。柴桑既是江州州治，也是寻阳郡治，同时还是各类将军府以及镇蛮护军府的所在地，所以，柴桑多官僚、军官居住。三府吏员是一个庞大的数目。刘宋时，荆州规定军府置将不得超过 2000 人，吏不得超过 10000 人；州置将不得超过 500 人，吏不得超过 5000 人。也就是说，军府与州府的吏员加起来大概有 15000 人之多，这还是经过削减后的数目。江州刺史虽然不如荆州刺史重要，但能带的吏员数目不会差距很大。这些官僚、军官往往住在城中或附郭村庄里。他们俸禄的一部分由公田供给，这些公田由"吏"耕种。因此，柴桑增加了不少兵户和大量佃户、奴婢和浮浪人等。这些官僚和军官以及所带来的奴婢与属员都属于临时人口，这些临时人口应该超过了寻阳郡的常住人口。要供养这么多的寄居者，寻阳郡农民的赋税之重，可想而知。

但寻阳郡人口的增加，使大片土地得到开垦。经过将近一百年的发展，到陶渊明生活的东晋晚期，柴桑县村落相间，人烟稠密，垄亩纵横，生产不断发展，成了一个相对重要、富庶的农业区。长江浩浩荡荡从城北蜿蜒而过；庐山耸峙于市区西南，峰岫峣嶷，云林森渺，绿林扬风，白水激涧，柴桑县可谓山水秀丽，风景宜人。这一时期，庐山周围，除了陶渊明之外，湛方生、宗炳等人也都以写作山水景物见长。而聚居于庐山的诸位和尚也有一些文学活动，比如他们创作的《游石门诗》，即以游览为主题内容，而此诗的序言则可视作是一篇很好的游记散文①。以上就是陶渊明的田园诗创作的社会与自然环境。

有可能是因为江州及寻阳的地理环境，此地隐逸之风盛行。当时，有一群知识分子，比如彭城人刘遗民，豫章人雷次宗，雁门人周续之，新蔡人毕颖之，南阳人宗炳、张莱、张季硕等，他们来到庐山，围绕在慧远周围，弃世遗荣，成为方外之士。除此之外，还有多位世俗隐居者。据《世说新语·栖逸》记载，南阳人翟道渊和汝南人周子南从小就很友好，两人一道在寻阳县隐居。后来周子南

---

① 见曹道衡《略论晋宋之际的江州文人集团》，载《中国文学研究》1992年第2期。

在太尉庾亮的劝说下出来做官，翟道渊瞧他不上，子南去看望翟，翟不和他说话。周子南也很后悔，叹息道："大丈夫乃为庾元规所卖。"遂发病而卒。说起来，翟道渊、周子南与陶渊明都有关系。翟道渊名汤，是陶渊明继妻翟氏的族祖。翟家一门都是隐士，翟汤的儿子翟庄、孙子翟矫，翟矫的儿子翟法赐全都隐居不仕。周子南是周访之后，我们上文提到，周访是和陶侃同时迁居入寻阳的，而且是儿女亲家，陶侃的第一个公职就是由周访推荐而得。所以，周家与陶家是世交。

另外，武昌郡有一个著名隐士叫郭翻，他在临川安家，不交世事，以渔钓射猎为娱。庾亮同时征召他和翟汤，不肯应命。庾亮以帝舅身份亲自造访，想要强迫他出仕，郭翻说："人性各有所短，焉可强逼？"武昌郡是陶渊明外公的家乡，也是陶渊明妹妹的夫家所在，对郭翻的事迹陶渊明也应该有所耳闻。总之，上述人物的隐居经历对陶渊明后来的生活选择显然是有影响的。

随着寻阳政治地位的提高，经济上的快速发展，它在东晋交通中的地位也日益重要。在繁忙的长江航道上，寻阳处于首府建康与上游重镇荆州的中间位置，一旦经济繁荣、官府人物众多，那些从建康南下西行、从荆州北上东往，或者来往于上下游两座重镇之间的官员、使者及各色人等，更愿意将此地作为中转站与歇息地，这使得此地的信息传播更加方便与通畅，这对陶渊明声名与作品的传播无疑有极大的帮助。

三、陶渊明的早年爱好与《闲情赋》的写作

公元 365 年，陶敏与其夫人（孟嘉的第四个女儿）的儿子陶渊明出生。在生下陶渊明的三年之后，陶敏与庶妻生了一个女儿，陶渊明有了一个同父异母的妹妹。陶渊明八岁那年，父亲去世了。十二岁时，庶母亡故，由陶夫人带着他们兄妹二人度日，颇得母族照顾。

我们对陶渊明的青少年生活所知不多，但在萧统为陶渊明所作的传记中，说陶渊明"少有高趣，博学善属文"。也就是说陶渊明年少时就有高雅的情趣，学识广博，擅长写文章。从陶渊明后来的回忆中我们可以看出，陶渊明早年的爱好有三个。

第一是喜欢读书。陶氏家族毕竟属于高门之后，有条件接受良好的教育。陶渊明和绝大部分中国知识分子一样，童年受儒家教育，使用的教材是儒家的几部经典，接受的是儒家的价值观念。他说自己是"少年罕人事，游好在六经"（《饮酒》其十六），少年时没有世俗之事打扰，阅读六经就是他的乐趣与爱好。从这句话中，

我们也可以看出陶渊明读书的态度、方式和当时皓首穷经的经生们不同。首先他读六经是因为喜欢，其次他读的方式是游观，而不是逐字解经，死记硬背，这也使得他在后人心目中有了"博学"这一称誉。

儒家的教育至少有两个重要的目的，就个人、家庭来说，是为了修身理家；就社会、国家来说，是为了治国平天下。可以说，儒家教育实际上是为今后出仕所做的准备。所以，早年的陶渊明对出仕并成就一番事业，是有着许多憧憬的。在《杂诗》（其五）中，他回忆年少时的生活与志向："忆我少壮时，无乐自欣豫。猛志逸四海，骞翮思远翥。"即有着超越四海的雄心壮志，一心想展开翅膀向远方飞翔。在《拟古》（其八）中，陶渊明写道：

> 少时壮且厉，抚剑独行游。
>
> 谁言行游近？张掖至幽州。
>
> 饥食首阳薇，渴饮易水流。[1]

这是说他曾是个热血青年，想要身佩长剑，独自远游，行程直达从张掖到幽州这样的边境地区。饿了，采几丛伯夷、叔齐吃过的野菜充饥；渴了，掬一捧送别荆轲的易水润喉。虽说这是想象中的远征，但能看出其志向是很远大的。不过，在晋朝这样的门阀社

---

[1] 逯钦立：《陶渊明集》，中华书局1979年版，第113页。本书陶渊明诗文均引自此书，不再出注。

会，政治上的前途主要取决于门第的高下，个人努力所起的作用是非常有限的，这使得陶渊明早年的抱负不可能得到实现。

陶渊明的第二个爱好是音乐。传记上说陶渊明不会弹奏，但藏有一张琴，这张琴与众不同，没有弦。每当他喝酒喝得很适意的时候，就抚弄着无弦之琴，说："但识琴中趣，何劳弦上声！"这种说法可能靠不住。陶渊明在诗文中回忆说："弱龄寄事外，委怀在琴书。"（《始作镇军参军经曲阿作》）也就是说，他少年时就把身心寄托于人事之外，关心的只是弹琴读书。又说："少学琴书，偶爱闲静，开卷有得，便欣然忘食。"（《与子俨等疏》）可见他幼年就已经开始学习弹琴，不可能不会弹琴。这个传说应该是虚构的，但它有意义，它的意义就在于用道家的理念来说明陶渊明的妙赏。老子认为"大音希声"——最高境界的音乐是不能用声音来表达的，也不是所有的人都能欣赏与领会，而陶渊明正是能够欣赏与领略"大音"境界的人。

陶渊明的第三个爱好就是欣赏山水。他在《归园田居》（其一）中说："少无适俗韵，性本爱丘山。"可见他年轻时就非常喜欢山水，热爱自然是他的天性。

陶渊明年轻时喜欢文章，不但喜欢读，自己也善于写。和大多数人一样，陶渊明写文章也是从模仿前人入手。很多学者推测，陶渊明的《闲情赋》应该是他年轻时所作。此篇赋作以非常直露的笔触写男女之情，颇有些惊世骇俗。开篇描写美人的美貌、动作与神情：

夫何瑰逸之令姿，独旷世以秀群。表倾城之艳色，期有德于传闻。佩鸣玉以比洁，齐幽兰以争芬；淡柔情于俗内，负雅志于高云。悲晨曦之易夕，感人生之长勤。同一尽于百年，何欢寡而愁殷。襃朱帏而正坐，泛清瑟以自欣；送纤指之余好，攘皓袖之缤纷。瞬美目以流眄，含言笑而不分。曲调将半，景落西轩。悲商叩林，白云依山。仰睇天路，俯促鸣弦。神仪妩媚，举止详妍。

　　她的风姿是多么的瑰丽飘逸啊，秀丽绝伦，当世无人能比。她展露出倾城倾国的殊色美貌，只期望高尚的德行能流传众耳。只有玉佩才比得上她的纯洁，唯有幽兰才能与她一较芬芳。她淡然于世俗的柔情，怀抱着清高如云的雅志。眼看着晨曦又变为昏暮，如何不让人感慨人生的辛劳；生命都会在百年后终止，为何要如此郁郁寡欢？她撩起了大红的帏帐，居中正坐，弹奏清瑟以自娱。捋起洁白的衣袖，纤长的手指中流出了美妙的乐音。美目流转，秋波泛动，似言似笑。乐曲正奏到一半，红日缓缓在西方下落。悲伤的乐音与秋风的声响在林中久久回荡，白云袅袅，缭绕山际。她时而仰面望天，时而低头弹奏。神情是那么风采妩媚，举止又是那么安详柔美。

　　接下去，陶渊明以空前的大胆抒发他的心中十愿：

　　愿在衣而为领，承华首之余芳；悲罗襟之宵离，怨秋夜之未央。愿在裳而为带，束窈窕之纤身；嗟温凉之异气，或脱故而服新。愿在发而为泽，刷玄鬓于颓肩；悲佳人之屡沐，从白水以枯煎。愿在眉而为黛，随瞻视以闲扬；悲脂粉之尚鲜，或取毁于华妆。愿在莞而为席，安弱体于三秋；悲文茵之代御，方经年而见求。愿在丝而为履，附素足以周旋；悲行止之有节，空委弃于床前。愿在昼而为影，常依形而西东；悲高树之多荫，慨有时而不同。愿在夜而为烛，照玉容于两楹；悲扶桑之舒光，奄灭景而藏明。愿在竹而为扇，含凄飙于柔握；悲白露之晨零，顾襟袖以缅邈。愿在木而为桐，作膝上之鸣琴；悲乐极以哀来，终推我而辍音。

　　愿化作她上衣的领襟啊，亲承她姣美面容上散发的馨香，只可惜罗襟到晚上便要脱去，那时只能怨秋夜之漫长。愿化作她外衣上的衣带啊，束住她的纤细腰身，可叹天气冷热变化，到时节就要脱去旧衣而换上新装。愿化作她发上的膏泽啊，滋润她在削肩旁披散下来的乌黑发鬓，可怜每当佳人沐浴，便要在沸水中经受煎熬。愿化作她秀眉上的黛妆啊，随她远望近看而忽张忽扬，可悲脂粉尚在新描初画，卸妆之时便毁于乌有。愿化作她卧榻上的蒲席啊，在三秋时节安顿她那柔弱的躯体，可恨天一寒凉便要以皮褥代替，周年以后才能再被取用。愿化作丝线成为她足上的素履啊，随纤纤秀足四处移动，可叹她进退行止都有节度，睡卧之时只能被弃置床前。愿在白天成为她的影子啊，跟随她的身形到处游走，可怜到多荫的高树下便消失不见，不同的环境遭遇又自不同。愿在黑夜成为烛光啊，在堂前映照她的玉容，可叹白天日出大放光明，顿时便要火灭烛熄隐藏光明。愿化为竹枝而做成她手中的扇子啊，在她的盈盈之握中扇出微微凉风，可是白露之后早晚清冷，便用不到扇子，这时顾盼佳人的襟袖，显得是如此的遥远。愿化身变成桐木啊，做成她膝上的抚琴，可叹一旦乐尽哀生，终将把我推到一边而停止弹奏。

经过一番思念追求但不可得之后，作者最终表示：

> 尤《蔓草》之为会，诵《邵南》之余歌。
> 坦万虑以存诚，憩遥情于八遐。

《诗经》中的《野有蔓草》一篇是写男女私会的，而《召南》（《邵南》）中的一组诗歌据说是写"夫妻以礼自防"的。陶渊明在这里表示，应该责备《野有蔓草》中的男女私会，而应像《召南》中的男女一样遵循礼教大防。在这里袒露各种杂念的目的是保存真诚之心，让放纵于八方的感情能够止息。

很多正统的文学评论家对这样直露地表示对异性的爱慕感到非常刺眼，对此颇有微词。比如，非常喜爱陶渊明的萧统就说陶渊明的作品"白璧微瑕者，惟在《闲情》一赋，扬雄所谓劝百而讽一

者，卒无讽谏，何必摇其笔端"。① 清朝人方东树也说"如渊明《闲
情赋》，可以不作。后世循之，直是轻薄淫亵，最误子弟"。② 实际
上，这篇赋是有讽谏之意的。陶渊明在此赋的序言中说："初张衡
作《定情赋》，蔡邕作《静情赋》，检逸辞而宗澹泊，始则荡以思
虑，而终归闲正。将以抑流宕之邪心，谅有助于讽谏。缀文之士，
奕代继作，并因触类，广其辞义。余园闾多暇，复染翰为之。虽文
妙不足，庶不谬作者之意乎？"意思是张衡的《定情赋》、蔡邕的
《静情赋》都是想要检束放荡的文辞，崇尚淡泊，他们的创作都是
开头任其思虑飘荡，但最后以雅正结束。以此来抑制放荡的邪念，
想必有助于讽谏。历代文士相继创作，都就前人的这一创作意图加
以发挥。我在田舍闲居颇有闲暇，也提笔写上一篇。虽然文笔不够
高妙，但与历代作者的本意也不会相差太远。

　　由此我们知道，陶渊明这篇赋作继承的是一个悠久的文学传
统。诚如陶渊明所言，东汉以来情赋的写作代有传人，形成了一个
写作情赋的传统。除了陶渊明提到的张衡《定情赋》、蔡邕《静情
赋》之外，曹植的《静思赋》、张华的《永怀赋》等，这些赋作全
文都已经失传，保留下来的内容都是对美女容色的赞美性描写，并
表达作者的倾慕。《闲情赋》中"十愿"的写法明显是有所本的。

---

① （南朝梁）萧统：《陶渊明集·序》，载逯钦立编《陶渊明集》，中华书局1979
年版，第10页。

② 方东树：《续昭昧詹言》卷八，转引自北京大学、北京师范大学中文系编
《古典文学研究资料汇编·陶渊明卷》，中华书局1962年版，第226页。

东汉时，张衡曾经写过一首《同声歌》，以新妇的口吻，自述结婚之后要尽妇道、供妇职：

> 邂逅承际会，得充君后房。
>
> 情好新交接，恐慄若探汤。
>
> 不才勉自竭，贱妾职所当。
>
> 绸缪主中馈，奉礼助蒸尝。
>
> 思为苑蒻席，在下蔽匡床。
>
> 愿为罗衾帱，在上卫风霜。
>
> 洒扫清枕席，鞮芬以狄香。①

有幸有这样的缘分，能够做您的妻室。尽管感情很好，但毕竟是新妇，事事要恐惧小心，如手探热汤。虽没有什么才能，但我会竭力尽心，做好妻子的本分：主管好厨房飨客的菜肴，按照礼仪辅佐祭祀。我愿意变成蒲草做成的席子，铺在安适的婚床之上；愿意变成绸被与帐子，挡住寒冷的风霜；每天把枕席清扫干净，并用上"鞮芬"或"狄香"这样的熏香。

很显然，张衡代拟的女性心愿，表达的是男性的愿望，显示出女性地位的卑下。但陶渊明抒发的却是男性的心愿，表现的是对爱人的炽热情感。性别一改，观念全变。陶渊明的情爱观与性别观不

_____

① 逯钦立：《先秦汉魏晋南北朝诗》，中华书局1983年版，第178页。

仅超越了张衡，也超越了时代。

赋这种文体在长期的创作过程中形成了一套自己的程式，具体来说就是"劝百讽一""曲终奏雅"。"劝"是鼓励的意思，"雅"是正声。也就是说作者反对、讽谏一个事物或一种行为，首先是将这个事物或行为反复渲染，一直要到最后才表达作者反对的态度，点明正确的做法。实际上，全文流传的文学经典《洛神赋》也属于这类情赋。从陶渊明的序言与曹植《洛神赋》的结尾来看，以上这些赋作最后应该都有节制情感、抑制放荡这一内容。

此赋名为《闲情赋》，"闲情"的"闲"，其本义就是栅栏，引申出限制、约束、检点等意思。所以，陶渊明写作此赋的目的是"抑流宕之邪心，谅有助于讽谏"，可谓用心良苦。

我们从中也可以看出，陶渊明青年时期的创作虽然也是从继承开始，但他并非一味模仿，而是有改进，有超越，在向前人学习的过程中慢慢建立起自己的特点与风格。萧统说他"颖脱不群，任真自得"，绝非虚言。

四、结婚生子

从永和十二年（356）开始，江州基本上是桓氏家族掌控。太元四年（379）到七年（382），也就是陶渊明十五岁到十八岁时，由陶渊明的叔公陶范担任江州刺史。因此，陶渊明那时候有远大的志向并不完全是白日梦，是有可能实现的。但在太元八年（383）的时候，陶范失去了江州刺史的职位，桓冲上表推荐王荟补江州刺史。王荟是王导的第六子，桓冲的这一举动原本是想对琅邪王氏释出善意，没承想王荟不想出京。谢氏家族想让谢安的侄子谢辅（yóu）代之，谢安是桓温的老部下，深受桓温赏识，但他在桓温的晚年，却竭力阻止桓温称帝，因此，桓、谢两家在东晋后期是有矛盾的。桓冲因此闻讯而怒，请求自领江州，皇帝只能准许。江州再一次回到了桓氏手中。

陶范从江州刺史离任可能给陶家带来了较为沉重的打击。陶渊明诗歌中说"弱冠逢世阻"（《怨诗楚调示庞主簿邓治中》）、"弱年逢家乏"（《有会而作》），指的可能就是这一变故。从此之后，陶氏家族在江州的仕途变得艰难起来，已经不能像南渡世族那样弱冠就一定能出仕。

陶渊明大致在二十多岁时结了婚。有关他第一任妻子的情况，史书缺载，由其作品也很难推知，宗谱中对于渊明前妻有简略的记载，但说法不一，有的说是王氏，有的说是陈氏，也有的说是程氏。龚斌先生认为陶渊明的妹妹嫁的是武昌程氏，考虑到陶家婚姻往往是亲上加亲，陶渊明所娶可能是程氏，程氏妹所嫁的是嫂子家的亲属。[①]这一推测有一定的道理。

太元十六年（391），陶渊明二十七岁，他的长子阿舒出生了[②]。陶渊明对此十分兴奋，写了一首长长的四言诗《命子》，追叙陶家祖先的功德，抒发他首次得子时的心情，表达他对儿子的殷殷期望。此诗首先以很大的篇幅讲述陶氏的光荣历史。帝尧称陶唐氏，是陶氏的始祖。尧禅位给舜，尧的后代为宾于虞，因称虞宾。家族的光荣相传不绝。陶唐氏的后代在夏朝时为御龙氏，在商朝时为豕（shǐ）韦氏。周朝时，陶叔担任司徒。东周时，陶氏人才像凤凰隐蔽在山林一样，隐居山丘而不仕。西汉开国时，陶舍追随汉高祖刘邦击燕代，建立了武功，裂土封侯。陶青继承父亲陶舍的功业，成为大汉丞相。到了东晋，曾祖父陶侃，专征南国，因功封长沙郡

---

① 龚斌：《陶氏宗谱中之问题》，载《陶渊明集校笺》附录三，上海古籍出版社1996年版，第491页。

② 陶渊明生子的时间遵从杨勇先生的意见，见杨勇《陶渊明年谱汇订》，载《杨勇学术论文集》，中华书局2006年版，第302—309页。

公。功成不居，上表辞归，在荣宠面前不迷惑。祖父陶茂则一直谨慎严肃，善始善终。无论是在朝廷还是在地方任官，他都正直严明，百姓都感念他的恩惠。他的父亲则性情淡泊虚静，在官场的风云变幻中，得官没有欢喜之情，失官亦无恼怒之色。

然后谈及初次得子时的心情以及给孩子命名的用意：在众多的罪过中，没有子嗣是最大的罪过。我对此甚为忧虑，所以在听到你出生的啼泣时如释重负。根据占卜，你的出生时日是吉日良辰。我为你取名叫俨，因为《礼记·曲礼上》说："毋不敬，俨若思。"希望你念兹在兹，朝夕敬守。为你取字叫求思，因为孔子的孙子名孔伋（jí），字子思，他忠实地继承了孔子的儒学思想，希望你能效法学习孔伋。患癫病的人半夜生子，急急忙忙点起火把打量，生怕儿子也和自己一样生有癫疮。这种心情大家都有，我也生怕孩子像我一样一事无成，和所有人一样希望孩子有出息。

最后则是对孩子的告诫：时光一天天地过去，你也会一天天地长大，终有一天不再是孩子。你要小心谨慎地处世，因为幸福不会凭空而来，灾祸却随时会发生。如果早起晚睡，勤奋刻苦还依然不能成才——那也只能算了！这个结尾有些出人意料，却颇有陶渊明的个人特点，反映出陶渊明的一贯思想：如果努力了依然无法达成目标，那就认命，顺其自然。

第二年，也就是太元十七年（392），妻子为他生了第二个孩子。取名陶俟，乳名阿宣。陶渊明成了两个孩子的父亲，加上有妻子、母亲与妹妹需要抚养，生活开始变得困难起来。颜延之所作的

《陶征士诔》形容他当时的情况是："少而贫病，居无仆妾；井臼弗任，藜菽不给；母老子幼，就养勤匮。"①意思是说陶渊明又穷困又多病，雇不起仆人娶不上妾，打水舂米的活没人干，粗米白饭也吃不上，供养不起老母与幼儿。而他自己的说法是："耕植不足以自给。幼稚盈室，瓶无储粟，生生所资，未见其术。"(《归去来兮辞》)因此，陶渊明开始寻求出仕的机会。

---

① （南朝宋）颜延之：《陶征士诔》，萧统编：《文选》卷五十七，中华书局1977年版，第791页。下引此文同此本。

　　太元十八年（393），陶渊明得到了初次出仕的机会，担任江州祭酒。后来其做过镇军参军、建威参军，最终在做了短期的彭泽县令后便毅然辞官归田，自此之后，一生中再也没有出仕。

一、初次出仕

太元十八年（393），陶渊明二十九岁，当时担任江州刺史的是出身于琅邪王氏的王凝之。在桓氏家族掌控江州之前，江州属于琅邪王氏的势力范围，家族中好几人担任过江州刺史。咸康六年（340）至八年（342），王允之任江州刺史。永和三年（347）至四年（348），是由王羲之担任江州刺史。太元十六年（391）至二十年（395），王凝之任江州刺史。王凝之是王羲之的次子，王献之的哥哥，娶了著名的才女谢道韫为妻子。在王羲之的儿子中，王凝之大概是最为平庸的，形象、声誉都不太好。谢道韫嫁到王家后，很瞧不上凝之，回娘家时，极不开心。谢安不解，问她："王郎是逸少（王羲之）之子，人品也不差，你为何如此厌恨？"谢道韫回答："我们谢家，叔父辈有谢安、谢据，兄弟中有谢韶、谢朗、谢玄、谢渊，个个出色，没想到天地间，还有个王郎！"他是五斗米道的忠实信徒，孙恩攻打会稽时，他任会稽内史。不听僚佐进言，入静室祈祷，声称会有鬼兵相助，因此全不设防，遂为孙恩所杀。

小说中对王凝之的这些负面评价可能与他在孙恩之乱时的拙劣表现有关。

琅邪王氏与寻阳陶氏似乎是世交，在王凝之担任刺史的第三年，陶渊明得到了初次出仕的机会，担任江州祭酒。

州府吏员按早年的制度应该由中央任命。刺史可以推荐，但决定之权依然操之中央，只有地位较低的参军不须中央下诏任命。东晋时，中央的权力下降，刺史用人之权变得相当大，除了地位最高的属员之外，手下诸曹官吏都可以自己任命，将佐则可由长官自带上任。州府僚属有门下诸吏，包括主簿、西曹、录事、省事、记室等；还有其他从事，包括祭酒从事、议曹从事史、文学从事、部传从事等。祭酒从事简称祭酒，分管军事、盗贼、仓库、户品、水利、铠甲等各个科室，地位在西曹书佐之下，议曹从事史之上。

在成帝咸康年间，江州还有一个别驾祭酒，是僚佐中地位最高的。这个职务仅在江州有，别州不设。陶渊明担任的应该不是僚佐中地位最高的别驾祭酒，而是普通的祭酒从事，可由王凝之自行辟召。这不是一个闲职，不但有具体事务，而且相当繁杂，关键是地位还不高，属于低级吏员。

颜延之说陶渊明的出仕是"远惟田生致亲之议，追悟毛子捧檄之怀"，也就是说，继承了田过、毛义为父母而做官的传统。在中国，有为了孝敬父母而出仕做官的传统。齐宣王曾经问田过："君主与父亲哪个更重要？"田过回答说："父亲。"齐宣王不满地责问："那你为什么要离开父母为君主服务？"田过说："没有君主的土地，无法安置父母；没有君主的俸禄，不能奉养父母；没有君主的爵位，不能尊显父母。从君主那儿得到的，是用来奉还给父母的；服务君主是为了父母而不是君主。"田过的这个观点，大部分中国人都能认同。为了亲人（主要是指父母、儿女）可以委屈自己的志趣，这就是中国人行事的传统。

这一年，陶渊明的妻子又怀孕了，这次怀的是双胞胎。据《宋书·隐逸传》说，也就在这一年，陶渊明不堪吏职，辞去了江州祭酒的职务。不堪吏职固然是辞官的原因，但妻子的怀孕与身体状况说不定也促成了陶渊明的辞官。太元十九年（394），双胞胎出生，陶渊明为他们取名陶份与陶佚。在生完双胞胎之后不久，妻子就去世了。

三十二岁那年，陶渊明继娶了翟氏。寻阳有三个大姓——陶氏、翟氏与甄氏，翟氏是与陶氏相颉颃的大家族。翟家出了一个著名的隐士叫翟汤，字道渊。史书上说他行为淳厚，纯正踏实，仁让廉洁，不屑世事，完全凭耕种吃饭，从不接受别人的馈赠。西晋末年的时候，寇盗相继，他们听说翟汤的名德后，都不敢侵犯，乡人因此得到保全。司徒王导征辟他为掾吏，他不应征，一直在县界庐山隐居。始安太守干宝派了一条船给他送粮食，知道他不肯收，吩咐办事的小吏说："你把粮食送到后，停下船就回。"翟汤找不到送米的小吏，只能将米换成绢帛寄还干宝。后来由征西大将军庾亮举荐，成帝征召他担任国子博士，他不应诏。康帝时征召他担任散骑常侍，依然不出山。因此，翟汤终其一生都是布衣。他的儿子叫翟庄，继承了父亲的操守，不与世俗人物相交，靠耕种养活自己。州府征召他出来做官，他不肯答应。翟庄儿子翟矫，也是屡辞辟命。翟矫的儿子叫翟法赐，与陶渊明是同时代人，孝武帝征召他做散骑侍郎，也不应命。所以，这是一个隐士世家。

出身于隐士世家、世代以躬耕为业的翟氏继承了家族遗风，能安苦节。她与陶渊明志趣相同。夫耕于前，妻锄于后，两人相濡以沫，称得上琴瑟和谐。两年之后，在安帝隆安二年（398），翟氏为他生了第五子陶佟，乳名阿通。这一年，陶渊明三十四岁。

就在陶渊明在乡村忙着再娶、生子之时，建康、荆州的政治矛盾在不断激化。太元二十一年（396），孝武帝暴死，由安帝继位。前段时间的主相之争并没有随着孝武帝的去世而结束，反而演变为太原王氏两个支族之间的争斗。

安帝是白痴，他即位后政柄全归司马道子掌握。司马道子重用妻子的堂兄王国宝、王忱兄弟，这使得孝武帝的皇后家族也就是太原王蕴这一支渐渐失势。孝武帝的皇后是王蕴的女儿，她有个兄弟叫王恭。晋安帝隆安元年（397），衮州刺史王恭与荆州刺史殷仲堪联合，在四月甲戌日（七日）表奏王国宝的罪行，起兵讨伐。当月甲申日（十七日）赐死王国宝，并处死王绪，向王恭谢罪。王恭这才还镇京口。

隆安二年（398），王恭再次起兵，这次联合的是庾楷、桓玄、殷仲堪，讨伐的对象是司马道子的心腹司马尚之兄弟和王国宝的兄弟王愉。但这一次王恭失败了，而且还丢了性命。王恭将手下精兵都交给刘牢之，以其为前锋。但王恭平时对刘牢之就如同对待部曲，关键时刻，刘牢之投降朝廷并反戈一击，让儿子刘敬宣进攻王恭。王恭部众溃败，本人被捕后押送建康，九月十七日于倪塘处斩。

在这次上游对抗朝廷的战争中，有一个人受益不小，那就是很长时间都被朝廷打压的桓玄。桓氏在荆州的统治已持续半个世纪之久，桓氏人物虽然很多都已经物故，但在世者依然有很强的政治能量；特别是桓温世子桓玄袭爵南郡公居于江陵，是桓氏荆州势力的核心所在。在朝廷的打压之下，桓玄一直郁郁不得志，王恭的再次起兵，给桓玄提供了报复的机会。他趁势加入，宣布参与讨伐建康的当权者。隆安二年，桓玄与担任前锋的南郡相杨佺期顺江南下。八月，杨、桓二人到湓口，亦为讨伐对象的江州刺史王愉并无防备，逃奔临川，被桓玄派出小股部队追获。九月，杨、桓进驻石头城，此时王恭已被刘牢之所杀，为了分化瓦解桓玄、杨佺期的联军，司马道子任命桓玄为江州刺史。

二、成为桓玄僚佐

　　陶渊明此时已经有了五个儿子，所谓"幼稚盈室"，迫于生计，只能再次出仕，担任桓玄的僚佐。这一年，政治军事形势迅速发展，风云急剧变幻。十一月，孙恩起义。十二月，桓玄消灭了刚刚结盟的合作者南郡相杨佺期和荆州刺史殷仲堪，在次年（400）向朝廷求领荆、江二州刺史。朝廷下诏以桓玄都督荆司雍秦梁益宁七州诸军事、后将军、荆州刺史、假节，至此，长江中游及西部地区的军政大权由桓玄一人独揽。

　　在担任桓玄属吏的两年中，陶渊明长期奔波在外，多次往返于建康、寻阳和江陵之间，他的很多行旅诗都写作于此时。隆安四年（400），陶渊明以桓玄官吏的身份出使建康。从建康回汀陵，中途要经过寻阳。母亲年事已高，身体也大不如前，陶渊明准备顺便回家省亲。此段行程是逆水而上，主要依靠风帆。就在离家将近百里的地方，遇上了逆风，风急浪高，船只无法前行，只能在一个叫作规林的津港停靠。陶渊明在此写下了二首《庚子岁五月中从都还阻风于规林》，记录了当时的心情，第一首云：

行行循归路，计日望旧居。

一欣侍温颜，再喜见友于。

鼓棹路崎曲，指景限西隅。

江山岂不险？归子念前涂。

凯风负我心，戢枻（yì）守穷湖。

高莽眇无界，夏木独森疏。

谁言客舟远，近瞻百里余。

延目识南岭，空叹将焉如！

因为归心似箭，时时计算着到家的日子。"温颜"是指母亲温和的面容。《尚书·君陈》上说"惟孝友于兄弟"[1]，后人即用"友于"代指兄弟。这两句意思是一喜可以侍候慈母，二喜能与兄弟见面。摇着船桨经过弯曲的水道，指看太阳已在西天沉落。江山确实险峻，但归家的游子只惦记前路。从建康回寻阳是由北往南，但刮起了南风，使船不能前行，有违我的心愿，只能收起船桨困居湖边。草丛深密，一望无际，夏天林木繁茂扶疏。谁说归舟离家很远？只剩下百里已近在眼前。放眼展望已能辨识南岭，但停在此地只能空自嗟叹！

① （西汉）孔安国、（唐）孔颖达等撰：《尚书正义》，北京大学出版社2000年版，第578页。

其二则曰：

自古叹行役，我今始知之。

山川一何旷，巽坎难与期。

崩浪聒天响，长风无息时。

久游恋所生，如何淹在兹。

静念园林好，人间良可辞。

当年讵有几，纵心复何疑。

"巽"与"坎"都是《易经》中的卦名，据《说卦传》，巽象征风，坎象征水，所以，"巽坎"也就是风波的意思。自古以来就有人感慨外出远行的艰难，我今天才真切地体会到了。山川是多么的空旷辽远，风波忽起，难以预料。面对着震天的巨浪和不息的狂风，长期出门在外，更加怀念母亲，为什么要长期淹留在外？静心想想还是田园生活安定美好，官场生活早该告辞。人生的盛年能有多久？应该随顺心意莫再迟疑。

第二年，也就是 401 年，陶渊明请假回乡探亲，七月赴江陵桓玄官府销假，中途经过武昌时，可能顺便去看望了住在武昌的妹妹，在涂口这个地方与武昌的亲朋好友告别，为此他写作了《辛丑岁七月赴假还江陵夜行涂口》。涂口就在现在的武汉市江夏区金口街，北宋前此地名涂口。

闲居三十载，遂与尘事冥。

诗书敦宿好，林园无世情。

如何舍此去，遥遥至南荆！

叩枻新秋月，临流别友生。

凉风起将夕，夜景湛虚明：

昭昭天宇阔，晶（xiǎo）晶川上平。

怀役不遑寐，中宵尚孤征。

商歌非吾事，依依在耦耕。

投冠旋旧墟，不为好爵萦。

养真衡茅下，庶以善自名。

  行役的劳苦使陶渊明特别怀念家居生活的悠闲，清澈澄明的月夜江景无法排遣旅途中的孤独。春秋时有个叫宁戚的放牛人，是卫国人，知道齐桓公能够成就霸业，赶车来到了齐国，有意在喂牛的时候敲着牛角唱"长歌漫漫何时旦"，让齐桓公听到。桓公因此知道他是个贤人，任命他做了大夫。商歌就是宁戚所唱的歌。陶渊明说，唱着商歌希望能够得到当权者的任用，这不是我想做的事。我所依恋的是躬耕隐居的生活，不会为高官厚禄所动。能够在简陋的住处里保持纯真朴素的本性，或许就称得上是善了。

  从以上这几首行役诗中，我们可以看出，尽管陶渊明担任的是当时权势最大的军阀的幕僚，但不停地出使、奔波，使患有脚疾的陶渊明对离乡为官已经产生了后悔、倦怠之意，流露出对归田躬耕的强烈渴望。

三、在乡居丧

回荆州任职没多久，陶渊明的母亲孟氏没有能扛过这个寒冬，在一个白雪皑皑的早晨不幸去世了。陶渊明听说后，赶紧辞去官职，回家奔丧。由于陶渊明的父亲已经去世，按规定为母亲服斩衰之丧。这是最重的丧服。所谓"斩衰"是用最粗的生麻布制作，断处外露不缉边，表示毫不修饰以尽哀痛。服期三年（实际上服二十五个月）。按当时的丧俗规定，三天之内要不吃不喝，三天之后才能喝粥。三个月之后才能洗头。丧期内身穿孝服，头戴孝帽，帽带用麻绳编成，脚穿草鞋；一周年之后才能戴上厚缯或粗布之冠。

在陶渊明服丧的两年多时间内，国家发生了一系列的大事。元兴元年（402）的二月，桓玄东下，攻陷京师，自任侍中、丞相、录尚书事。侍中、录尚书事都是加官，侍中表明能够接近皇帝、地位尊隆，录尚书事表明可以完全处理政事，魏晋时的执政大臣几乎都会有这两个头衔。桓玄还自称太尉，总揽朝政。他甚至还改了年号，称为大亨，并任命自己的堂弟桓石生为江州刺史、前将军。到了第二年（403）八月，划南郡、南平郡、天门郡、零陵郡、营阳郡、桂阳郡、衡阳郡、义阳郡和建平郡等十郡，封自己为楚王，加九锡，并能置楚国国内官属，自称相国。所谓"九锡"，那是具有特殊功勋的大臣享受的一种最高礼遇。由皇帝赐给他车马、衣服、乐则（悬挂的钟磬类乐器）、朱户、纳陛（为大臣专门筑的台阶，纳于屋檐之下，让大臣登殿时有庇荫）、虎贲、弓矢、铁钺、秬鬯（jù chàng，黑黍和郁金香草酿造的酒）这九种礼器。作为人臣不可能有更高的待遇了。大臣应该再三辞让，而公卿则反复劝进，等到九锡已毕，下一步就是正式禅位。果然，十二月时，桓玄正式篡晋，国号为楚，改元永始，将晋安帝贬为平固王。到了辛丑日，安帝被带离建康，迁到寻阳。东晋眼看着走向了灭亡的边缘。

然而，在家守孝的陶渊明似乎完全与世隔绝，对朝廷、政坛上的这场滔天巨浪全无反应，注意力全部放在了他的乡居生活中。

403 年的春天，随着时间的流逝，丧母的痛苦慢慢开始淡退，而经济状况的窘迫，迫使陶渊明必须亲自参加劳动。开始时，他似乎非常享受耕种带来的乐趣，在《癸卯岁始春怀古田舍》这两首诗中说：

在昔闻南亩，当年竟未践。

屡空既有人，春兴岂自免？

夙晨装吾驾，启涂情已缅。

　　鸟哢欢新节，泠风送余善。

　　寒草被荒蹊，地为罕人远。

　　是以植杖翁，悠然不复返。

　　即理愧通识，所保讵乃浅。

　　先前就听说南亩，但未到此躬耕。现在自己如同颜回那样箪瓢屡空，春耕之时怎么还能悠闲？早晨整好牛车出行，心里充满了劳动的新鲜感。田野上鸟声婉转，欢迎新春的到来，风中送来弥漫的花草清香，寒草覆盖着人迹罕至的荒芜小路。面对这样的清新景色，陶渊明后悔没有更早地躬耕农亩。《论语·微子》记录了这样一件事：子路跟随孔子出行，落在了后面，路上遇到一位老人，用拐杖挑着除草的工具。子路问道："你看到我的老师了吗？"老丈说："你这人，四体不勤，五谷不分，谁知道你的老师？"便扶着拐杖去除草。第二天，子路将其所看到的告诉了孔子。孔子说："这是位隐者啊！"让子路再回去看他。子路到了那里，他却走开了。子路便辩解说："不做官是不对的。长幼间的关系，是不可能废弃的；君臣间的关系，怎么能不管呢？你原想不玷污自身，却不知道这样隐居便是忽视了君臣间的必要关系。君子出来做官，只是尽应尽之责。至于我们的政治主张行不通，那我们早就知道了。"① 陶渊明说他现在更加理解那位植杖的老翁。虽然所认识的事理有愧于通识之

————————————
① 后人对《论语·微子》中的这段记载有不同理解，此处采用杨伯峻《论语译注》中的解释与译文。

士，但他们所要保持的也并不那么简单。第二首则抒写了田间劳动的愉悦：

> 先师有遗训，忧道不忧贫。
>
> 瞻望邈难逮，转欲患①长勤。
>
> 秉耒欢时务，解颜劝农人。
>
> 平畴交远风，良苗亦怀新。
>
> 虽未量岁功，即事多所欣。
>
> 耕种有时息，行者无问津。
>
> 日入相与归，壶浆劳近邻。
>
> 长吟掩柴门，聊为陇亩民。

　　孔子曾经留下过遗训，忧虑道德不够而不要忧虑贫穷。自己不可能企及圣人，但愿意立志终身劳作、勤苦耕耘。手执犁锄开心耕种，展露笑颜勉励耕者。平旷的土地上吹来远方的和风，麦苗起伏仿佛在欢迎新春。虽然收成难以估量，但劳动本身就带来了很多欢欣。耕种之余略事休息，没有行人来打听问津。太阳下山时和农夫结伴归家，提着酒壶去慰劳近邻。长吟诗句将柴门掩上，姑且就做一个耕田的农夫。

　　不过，时间一长，到了冬天，陶渊明开始体会到农夫的艰苦与

---

① "患"，一作"志"。

辛劳。一年的劳动，收成甚微，寒冷与贫乏的环境，对陶渊明形成了真正的考验。临到年末，陶渊明的心情已经有了巨大的改变，他在《癸卯岁十二月中作与从弟敬远》的诗中说：

> 寝迹衡门下，邈与世相绝。
>
> 顾盼莫谁知，荆扉昼常闭。
>
> 凄凄岁暮风，翳翳经日雪。
>
> 倾耳无希声，在目皓已洁。
>
> 劲气侵襟袖，箪瓢谢屡设。
>
> 萧索空宇中，了无一可悦。
>
> 历览千载书，时时见遗烈。
>
> 高操非所攀，谬得固穷节。
>
> 平津苟不由，栖迟讵为拙？
>
> 寄意一言外，兹契谁能别！

敬远就是陶敬远，他既是陶渊明的堂弟，也是表弟，他们两人的父亲是亲兄弟，母亲是亲姊妹，关系十分亲密。陶渊明说他栖迟于简陋的衡门之下，与尘世远远地隔绝。举目四顾，没有人是我的相知，屋舍的柴门即使白天也紧紧关闭。年终寒风凄冷，天空因整日下雪而一片朦胧，侧耳倾听，却无声无息，映入眼帘的，是满目皎洁。劲峭的寒气直钻襟袖，虽有箪瓢，没有食物就如同虚设。家徒四壁，满目萧瑟，没有一件事情让人开心。在这样的环境下，唯一支撑陶渊明的，就是书中记录的历史榜样。陶渊明说，古代遗烈的高尚情操虽然不是我辈所能追攀，但我会坚守君子固穷的大节。做官的固然是大路坦道，但你不想走的话，隐居躬耕怎能算是拙途？我言语之外的深意，有谁能够真正体会理解？

四、从镇军参军到建威参军

元兴三年（404）陶渊明服丧期满。这期间，东晋政坛上一位新人崭露头角，那就是刘裕。刘裕出身于南渡的次等士族，自幼家贫，后投身北府军为将，以武功起家，因镇压孙恩起义而崭露头角，此时已成为抗衡桓玄、恢复东晋的中流砥柱式的人物。

元兴三年（404）二月，刘裕以打猎为名，聚集北府兵残余兵将一千七百余人，在京口举兵起义，歼灭了桓楚在此的军队，杀死桓修。接着，众人推刘裕为盟主，传檄四方，各地纷起响应。三月，刘裕进攻覆舟山，桓玄守军大多是北府军出身，面对刘裕都没有斗志，刘裕顺利以火攻击溃桓玄守军。桓玄弃城西逃，以荆州作据点与刘裕对峙。离京师1400里路的寻阳变成了西府军队与北府兵冲突的热点地区。四月，刘裕诸将与桓玄军战于溢口，大破之，进据寻阳。然后任命刘牢之的儿子刘敬宣担任建威将军、江州刺史。五月，桓玄故将袭陷寻阳，刘裕将领刘怀肃讨平之。桓玄挟持晋安帝西走江陵，在试图逃亡益州时，被益州督护冯迁杀死。闰五月，桓玄的故将桓振攻陷江陵，刘毅、何无忌等人退守寻阳，晋安帝再次陷入桓振手中，直到 405 年安帝才脱离叛军之手。

这一时期的寻阳处于两军的反复争夺之中。服丧期刚满的陶渊明接受了刘裕镇军府的征辟，东下奔赴京口（今镇江），担任镇军将军刘裕的参军，陶渊明又要重新开始他的官场生活。

京口是北府兵和刘裕的大本营，离寻阳柴桑的距离比建康更远。虽然在四十岁那年有"脂我名车，策我名骥。千里虽遥，孰敢不至"的自我激励，但一旦驶入"崩浪聒天响，长风无息时"的长江航道，想到即将面对等级森严、纪律严格、事务烦琐、全无自由的官场生活，陶渊明又产生了畏倦之情。他在赴任途中所写的《始作镇军参军经曲阿作》①一诗中，表达了对远行求仕的倦怠以及放弃自由生活的惭愧：

> 弱龄寄事外，委怀在琴书。
>
> 被褐欣自得，屡空常晏如。
>
> 时来苟冥会，宛辔憩通衢；
>
> 投策命晨装，暂与园田疏。
>
> 眇眇孤舟逝，绵绵归思纡。
>
> 我行岂不遥，登降千里余。
>
> 目倦川涂异，心念山泽居。

① 《文选》"阿"下有"作"字，见逯钦立编《陶渊明集》，中华书局 1979 年版，第 71 页。

> 望云惭高鸟，临水愧游鱼。
>
> 真想初在襟，谁谓形迹拘。
>
> 聊且凭化迁，终返班生庐。

曲阿，在现在的江苏省丹阳市，离京口很近。这首诗的前八句回忆年轻时的景况和出仕的原因。那时候不问世事，心思全在琴书之上，尽管穷得一无所有，心情却是安然自得的。凑巧碰上出仕的机会，姑且回驾而游于宦途。于是扔掉拐杖，清早备车，放下手中的书琴，暂与田园离别了。接下来的八句写他在行役中由沿途景物而产生的复杂心情。孤舟远逝，归耕的念头萦绕不绝。旅途的艰辛漫长，更加重了对故乡的思念。没有心思去欣赏异乡的自然风光，心里只怀念着自己的田园故居。飞鸟、游鱼自由自在，可是自己却落入尘网之中，相对之下，觉得分外惭愧。最后四句说他依然还保持着自己的志愿，谁说会为外在的仕宦形迹所拘束呢？姑且听凭命运的安排暂时出仕吧，最后终究是要回到田园的。最后一句中的班生，指的是班固，他所作的《幽通赋》里说他的父亲："终保己而贻则兮，里上仁之所庐。"意思是他不但能保全自身，并为子孙垂范法则，还选择了仁爱之人所居之处作为屋庐；所以班生庐指的是隐居之所。

从这首诗可以看出，尚在上任的途中的诗人已经开始厌倦漫长的旅行和不自由的官场，所以，一边赴任，一边做着弃官归隐的打算。

405 年三月，晋安帝终于回到建康继续做他的皇帝，改换了年号，称为义熙。这一年，陶渊明换了一个工作，改任建威将军府的参军。这时候的建威将军是刘敬宣，他同时又是江州刺史，所以其幕府设立在寻阳。陶渊明终于能够避免行役之苦，回到本地来做官了。

刘敬宣（371—415），是北府兵著名将领、镇北将军刘牢之的儿子，曾和刘裕并肩镇压过孙恩起义，结下了友谊。刘牢之和刘敬宣父子也曾图谋突袭桓玄，事败后牢之自缢，敬宣逃亡南燕。在南燕时，曾图谋推翻南燕皇帝慕容德，拥立东晋宗室司马休之，复兴晋室。事情败露后重回东晋，被刘裕任命为晋陵太守，后获授江州刺史。

刘敬宣与当时讨玄联盟中的另一名将刘毅有矛盾。刘毅原本是刘敬宣的下属参军，当时被认为有雄杰之才。敬宣却认为他外宽内忌，喜欢夸耀自己，贬低别人，最终会因为凌辱上级而取祸。刘毅深以为恨，从此两人结下矛盾。刘毅收复江陵、驱逐桓楚残余势力后，势力如日中天。反复派人对刘裕说，刘敬宣没有什么大的功劳，让他任晋陵太守已属过于优待，任江州刺史更是令人愕然。刘敬宣十分不安，自表解职。也就在此时，陶渊明又一次去建康出使，估计就是递送刘敬宣的解职请求。等他回来以后，刘敬宣在江州的幕府解散，陶渊明需要再次寻找工作。

五、短暂的彭泽县令

　　我们知道，陶渊明出来做官主要是因为家庭经济困难。不过，由于他做的都是州郡或者军府的僚佐，收入很低，而且没有外快，所以，在他出仕十年以后，他的经济情况依然没有好转。因此，他想谋求一个地方长官的职位。萧统《陶渊明传》云："（陶渊明）谓亲朋曰：'聊欲弦歌，以为三径之资，可乎？'执事者闻之，以为彭泽令。"①这句话中用了两个典故。《论语》中说，子游在担任武城地方官的时候，孔子来城，听到一片弦歌之声。所以，这里用弦歌指代地方官。西汉时，兖州刺史蒋诩辞官归隐，房前有三条小径，他闭门不出，只与隐士求仲、羊仲来往。这里用三径来指代隐居生活。陶渊明这句话的意思是想找一个县令一类的官职，挣点儿钱，为以后的隐居生活做准备。过了不久，他获得了彭泽县令这一职位，就在此年的八月走马上任。

---

① 转引自袁行霈笺注《陶渊明集笺注》附录，中华书局 2011 年版，第 421 页。

他为官的过程可能并不像萧统所说的那么容易，县令这一职位虽然品秩不高，却是地方之长，握有实权，在州郡一级的地方长官基本都被高门士族瓜分殆尽之后，县令一职同样是需要激烈争夺的肥缺。而且，上文说过，寻阳郡有实土的县只有两个，即柴桑县和彭泽县，要在本郡任县官，职位是十分稀缺的。陶渊明大概是请托了在中央政府担任太常的叔父陶夔，陶夔向当地刺史（当时应该还是刘敬宣）推荐后才获得的任命。

陶渊明一开始对此一职位也相当满意。彭泽县同属寻阳郡，与柴桑是邻县，离陶渊明老家仅百里之遥。而且县令配有一百亩以上的公田，所种之粮，足以为酒。据陶渊明的传记说，陶渊明已经准备将一百亩公田通通种上秫，秫就是有黏性的粟米或粱米，有点像糯米，做饭时的出饭量比较少，适宜制酒。可是他的妻子坚决反对，要求种上秔（jīng，粳米，出饭量比较大）。最后折中了一下，用五十亩种秫，五十亩种秔。这个故事可能不真实，因为陶渊明做官是在农历八月，这个时候既不是种秫也不是种秔的时节。陶渊明不带家眷，独自上任，上任后送了一个仆人给儿子，并写信吩咐："你每天的用度要自给自足。现在派给你一个佣人，帮你砍柴打水。他也是别人的儿子，你要善待他。"

出乎意料的是，陶渊明在此一职位上只做了八十余天，便毅然辞官归田，自此之后，一生中再也没有出仕。

关于陶渊明辞官的原因，几乎所有的传记都有记载，说是因为郡里的督邮要下县检查，陶渊明的僚佐告诉他晋见上司必须衣冠整齐，束带见之。督邮是一郡的重要属吏，代表太守督察县乡、宣达政令以及执行司法。地位不高，权力却很大，相当于现在的市纪委，专门负责督察属下县令等人的不法之行，县乡干部对他们都很敬畏。陶渊明感慨道："吾岂能为五斗米折腰向乡里小儿。"译为现代汉语就是："我不能为求一饱之故折腰向乡里小儿。"于是他立即辞官。这句话是中国历史上的名言，这个故事也是中国历史上著名的轶闻之一。不过，所谓"五斗米"所指为何，我们实际上一直不太清楚。从上下文理解的话，"五斗米"应该是指彭泽县令的俸禄。但据缪钺先生考证，东晋南朝时县令的年俸为四百斛左右，无论是年俸、月俸还是日俸，都远高于五斗米，所以，陶渊明所谓"五斗米"，与俸禄并无关系。不过，东晋南朝士大夫的食量是每月五斗米左右，相当于今天的一市斗。因此，陶渊明此句话的意思是：我一个人每月有五斗米就可以勉强吃饱了，再多也不需要，何必一定要做县令、逢迎长吏呢？张志明先生则认为"五斗米"是寻常熟语，极言其少。①两人的意见并无本质矛盾，基本可从。

但有意思的是，陶渊明本人在叙述其辞官原因时，并未提及此事。陶渊明在辞官以后，也就是农历十一月份，写了一篇《归去来兮辞》，在序言中，他详细解释了他为官的理由和辞官的原因：

① 缪钺《陶潜不为五斗米折腰新释》、张志明《对于〈陶潜不为五斗米折腰新释〉的商榷》以及缪钺的答复，收入《读史存稿》，生活·读书·新知三联书店1963年版，第23—41页。

余家贫，耕植不足以自给。幼稚盈室，瓶无储粟，生生所资，未见其术。亲故多劝余为长吏，脱然有怀，求之靡途。会有四方之事，诸侯以惠爱为德，家叔以余贫苦，遂见用于小邑。于时风波未静，心惮远役，彭泽去家百里，公田之利，足以为酒。故便求之。及少日，眷然有"归欤"之情。何则？质性自然，非矫厉所得。饥冻虽切，违己交病。尝从人事，皆口腹自役。于是怅然慷慨，深愧平生之志。犹望一稔，当敛裳宵逝。寻程氏妹丧于武昌，情在骏奔，自免去职。仲秋至冬，在官八十余日。因事顺心，命篇曰《归去来兮》。乙巳岁十一月也。

陶渊明本人再三强调的是，他的性格刚烈，容易与人产生矛盾，不适合为官。本来准备在此一职位上干上一年，但适逢嫁给武昌程家的妹妹去世，为了奔丧，他一天也等不及，星夜离职回乡。当然，事实上，陶渊明并没有去武昌奔丧，而是直接回了寻阳老家。这似乎意味着为妹妹奔丧只是一个借口。

第四章

归隐田园

　　不管陶渊明辞官的真实原因是什么，这个决
定无疑使陶渊明得到了解脱，他像逃脱牢笼的鸟
儿一样充分享受着自由带来的快乐，这种快乐愉
悦的心境成为他创作的重要源泉。

一、劳动生活的感悟

不管陶渊明辞官的真实原因是什么，这个决定无疑使陶渊明得到了解脱，他像逃脱牢笼的鸟儿一样充分享受着自由带来的快乐，这种快乐愉悦的心境成为他创作的重要源泉。在《归去来兮辞》的赋文中，他抒写了归乡时的欢欣与轻快、想象着田园生活的愉悦与满足。这种心情被诗人以生花妙笔生动地表现出来，在一千六百多年后的今天，依然感染着我们：

归去来兮，田园将芜胡不归？既自以心为形役，奚惆怅而独悲？悟已往之不谏，知来者之可追。实迷途其未远，觉今是而昨非。舟遥遥以轻飏，风飘飘而吹衣。问征夫以前路，恨晨光之熹微。

乃瞻衡宇，载欣载奔。僮仆欢迎，稚子候门。三径就荒，松菊犹存。携幼入室，有酒盈樽。引壶觞以自酌，眄庭柯以怡颜。倚南窗以寄傲，审容膝之易安。园日涉以成趣，门虽设而常关。策扶老以流憩，时矫首而遐观。云无心以出岫，鸟倦飞而知还。景翳翳以将入，抚孤松而盘桓。

归去来兮，请息交以绝游。世与我而相违，复驾言兮焉求？悦亲戚之情话，乐琴书以消忧。农人告余以春及，将有事于西畴。或命巾车，或棹孤舟。既窈窕以寻壑，亦崎岖而经丘。木欣欣以向荣，泉涓涓而始流。善万物之得时，感吾生之行休。

已矣乎！寓形宇内复几时？曷不委心任去留？胡为乎遑遑欲何之？富贵非吾愿，帝乡不可期。怀良辰以孤往，或植杖而耘耔（zǐ）。登东皋以舒啸，临清流而赋诗。聊乘化以归尽，乐夫天命复奚疑！

陶渊明这次回的并不是上京的住所，而是他的老宅——园田居。此处住宅的特点是，僻处南野，坐落在一穷巷之内，有草屋八九间，树木绕屋，十分茂盛，宅前有水塘。在陶渊明二十七岁，也就是尚未任官时，他就曾经居住此宅。回到老家，也就意味着他已经下决心彻底脱离官场了。

从二十九岁出任江州祭酒开始，以后时断时续地担任了桓玄幕僚、镇军参军、建威参军和彭泽县令这四任官职，在四十一岁那年，陶渊明下决心辞官归隐，从此之后，陶渊明再也没有出仕。这一决定使陶渊明如释重负，创作灵感如涌泉般奔流而出，名作一首

接一首地出现。大家所熟知的《归园田居》这一组组诗就创作于
归田之后的第二年，这几首作品生动地描绘了陶渊明的乡村田园生
活，第一首尤其著名：

> 少无适俗韵，性本爱丘山。
>
> 误落尘网中，一去三十年[①]。
>
> 羁鸟恋旧林，池鱼思故渊。
>
> 开荒南野际，守拙归园田。
>
> 方宅十余亩，草屋八九间。
>
> 榆柳荫后檐，桃李罗堂前。
>
> 暧暧远人村，依依墟里烟。
>
> 狗吠深巷中，鸡鸣桑树颠。
>
> 户庭无尘杂，虚室有余闲。
>
> 久在樊笼里，复得返自然。

以"误落尘网中"一语，一笔带过十三年的为官生涯。就如同
羁鸟恋林、池鱼思渊，最终回到了乡村田园。一片宅地，八九间草
屋，葱郁的榆柳遮蔽后檐，成行的桃李排列堂前。黄昏中远处的山
村依稀可见，近处的农舍正升起袅袅炊烟。深巷内传来狗的吠声，

---

① 一去三十年：陶渊明自东晋孝武帝太元十八年（393）初做江州祭酒，到东
晋安帝义熙元年（405）辞去彭泽令归田，一共十三个年头。这里的"三十年"
是夸大的说法。也有人认为是"十三年"之误。

桑树上有鸡的啼叫。正如同久在樊笼的小鸟重新飞回了自然。全新的生活开始了！

乡村生活的第一要务便是躬耕，也就是亲自参与劳动。

陶渊明亲自耕作并不始于此次辞官，但这次回乡使他有更多的机会参与农务，由此也获得了很多新的认识。在陶渊明描述劳动生活的诗歌中，他一再谈到劳作的艰辛：劳动的时间很长，条件很差，四肢非常疲劳，而劳动的成果却很微薄。但是，劳作之后，洗手濯足，在檐下饮酒休息，散心解闷，那种愉悦却是无法代替的。更何况，这种劳动生活使他体会到了千载以前那些著名隐士的心情，实现了自己的夙愿，所以，诗人更多的感受还是快乐与满足。他在《归园田居》（其三）中写道：

种豆南山下，草盛豆苗稀。

晨兴理荒秽，带月荷锄归。

道狭草木长，夕露沾我衣。

衣沾不足惜，但使愿无违。

田里的荒草长得比豆苗还高，清晨即起来铲除荒草，晚上披着月色扛着锄头回家。狭窄的田埂上草木疯长，夜晚的露珠沾湿了我的衣服。只要不违背自己的心意，衣服沾湿也并不值得惋惜。

410年，陶渊明四十六岁，他在那年写作的《庚戌岁九月中于西田获早稻》中说：

人生归有道，衣食固其端。

孰是都不营，而以求自安！

开春理常业，岁功聊可观。

晨出肆微勤，日入负禾还。

山中饶霜露，风气亦先寒。

田家岂不苦？弗获辞此难。

四体诚乃疲，庶无异患干。

盥濯息檐下，斗酒散襟颜。

遥遥沮溺心，千载乃相关。

但愿长如此，躬耕非所叹。

他在西田收割早稻，从亲身的农耕实践中深切地体会到一个朴素却重要的人生哲理：人生的根本就是衣食。这个道理应该人人都懂。接下去陶渊明说：如果连衣食都无法自供，靠人奉养，怎么能够自我心安？这种非自力更生无法心安的感觉确是参加劳动之后的心理变化，是劳动者独有的心理感受。如果没有亲自体验劳动的艰苦，就会觉得饭来张口、衣来伸手是理所应当的。

陶渊明在下潠（xùn）有一块土地，离家较远，需要泛舟而达。为了照料这块土地，他还在田边搭了一间简陋的棚屋。义熙十二年（416），陶渊明五十二岁，此年八月，他亲自泛舟去下潠收割庄稼，有诗曰：

贫居依稼穑，戮力东林隈（wēi）。

不言春作苦，常恐负所怀。

司田眷有秋，寄声与我谐。

饥者欢初饱，束带候鸣鸡。

扬楫越平湖，泛随清壑回。

郁郁荒山里，猿声闲且哀。

悲风爱静夜，林鸟喜晨开。

日余作此来，三四星火颓。

姿年逝已老，其事未云乖。

遥谢荷蓧翁，聊得从君栖。

生活贫困，只能靠耕种维持生计，在东林边努力劳作。不要提春耕的辛苦，我担心的只是辜负了自己的心意。农官也关心收成的好坏，捎来的口信正合我的心怀。饥饿的人因吃了饱饭而开心，一大早就穿好衣服等待报晓的鸡鸣。扬起船桨划过平静的湖面，沿着清峻的山涧萦回向前。在杂草丛生的荒山里，传来几声凄清的猿叫。凄厉的冷风喜欢在静谧的晚上吹起，林中的鸟儿则爱在清晨鸣叫。自我初次耕作，大火星已经十二次西流，盛年已逝，老年将至，但参与耕作却从未改变。遥谢古代的荷蓧老人，我也算是追随你一起隐居。

当时的隐居者并不少，但陶渊明和他们有一个最大的不同，就是他亲自参加劳动。封建社会和儒家思想本是鄙视劳动的，两晋南北朝的贵族们尤甚。颜之推《颜氏家训·勉学》说："多见士大夫耻涉农商，差务工伎。"①据《南史·到溉传》记载，到溉的曾祖到彦之曾经挑粪种田以养活自己，何敬容则是庐江何氏之后，齐朝的驸马。到溉任吏部尚书时，何敬容以尚书左仆射身份参掌选事。推举人不允当，经常会被到溉责罚。何敬容骂他说："到溉尚有余臭，遂学作贵人。"②可见参加劳动可以牵累到四代以后。对于南朝贵族而言，亲身参加劳动是可鄙可耻的丑闻。能够在东晋这样的社会氛围中，冲破阶级限制，坦然走上躬耕自给的道路，丝毫没有羞惭之情，相反认为这是理所当然之事，这是思想上的莫大进步。由此，陶渊明的思想发生了一系列的变化，如开始认识到劳动的价值，对不劳而获的生活表示不满，而且对农民艰难的生活表示由衷的同情，等等。另外，他所向往的理想社会是一个没有赋税、没有剥削、人人平等、平和富足的社会，这显然是下层劳动者心目中的理想社会。没有躬耕生活，就很难能够产生像桃花源那样具体而切实的梦想。所以要了解陶渊明的思想，一定要了解陶渊明的劳动生活。

---

① （北齐）颜之推撰，王利器集解：《颜氏家训集解》，中华书局 1993 年版，第 143 页。
② （唐）李延寿等：《南史》，中华书局 1975 年版，第 679 页。

二、农闲时的读书与写作

在农闲时节，刚刚从县令任上退下来的陶渊明经济状况还较宽裕，在他笔下的隐居生活充满了闲适与愉悦。他在《和郭主簿》（其一）中非常形象而具体地叙写他归田后农耕之余的生活：

蔼蔼堂前林，中夏贮清阴。

凯风因时来，回飙开我襟。

息交游闲业，卧起弄书琴。

园蔬有余滋，旧谷犹储今。

营己良有极，过足非所钦。

舂秫作美酒，酒熟吾自斟。

弱子戏我侧，学语未成音。

此事真复乐，聊用忘华簪。

遥遥望白云，怀古一何深。

这是炎热的仲夏季节，葱茏茂密的堂前林木下面，贮满了清凉。应节的南风阵阵吹来，回风掀开了我的衣襟。不再社交，终日沉浸于六艺，不是读书便是弹琴。园里的蔬菜有无穷的滋味，隔年的陈谷一直储存到现在。个人生活需要的原本就很有限，过多的财富并非我所羡慕的。春米捣谷自酿美酒，酿成后我自斟自饮。幼子在身边游戏，发出牙牙学语的童声。

有的学者根据"弱子戏我侧，学语未成音"这两句推断此诗是在陶渊明的小儿子阿通四五岁之时所作，但此时陶渊明正处于服丧期间，似乎不应该这么快活。从此诗的情绪风格上来讲，与《归园田居》等诗歌相同，好像是四十一岁以后的作品。从这首诗中我们可以看到最能带给陶渊明快乐的消遣方式是在一个特别宜人的环境下读书。在他的很多诗歌中，都表现了这种读书之乐，其中，《读山海经》（其一）很有代表性：

孟夏草木长，绕屋树扶疏。

众鸟欣有托，吾亦爱吾庐。

既耕亦已种，时还读我书。

穷巷隔深辙，颇回故人车。

欢然酌春酒，摘我园中蔬。

微雨从东来，好风与之俱。

泛览周王传，流观山海图。

俯仰终宇宙，不乐复何如？

　　初夏时节，草木生长，野卉飘香；绿树绕屋，浓荫满地；微风阵阵，鸟鸣喈喈。田园耕作之余，生活安宁无忧。居住在穷巷陋室，远离世俗社会，没有无聊的应酬与交往。"微雨从东来，好风与之俱"。合适的环境，适宜的气候，再加上恬然的心境，捧起一本有趣的、自己喜欢的书本，是何等的舒适与快乐啊！"泛览"与"流观"，乃是陶渊明一贯的读书方式，没有外来的压力，没有功名的追求，诗人跟随着书籍的描写，神思驰骋，顷刻之间，足不出户便遍游宇宙，这样的读书方式使得读书真正成为一种至高的享受。

　　陶渊明读书基本上是兴趣主义的，并不是一个有系统的专门读书的学者。他自己也说："好读书，不求甚解。"颜延之称他"学非称师"，但"心好异书"。朱光潜先生说，就陶渊明在作品中提到的文献来看，他读得最熟的是公认的经典，比如《诗经》《楚辞》《庄子》《列子》《史记》《汉书》六部书；从偶尔谈到隐逸神仙的故事来看，他读过皇甫谧的《高士传》和刘向的《列仙传》等仙人高士的故事；似乎也读过干宝的《搜神记》。他很爱读传记，特别流连于他所景仰的人物，如伯夷、叔齐、荆轲、四皓、二疏、杨伦、邵平、袁安、荣启期、张仲蔚等，所谓"历览千载书，时时见遗烈"，就是指的这些人物。

　　除了读书之外，陶渊明也时时不忘写作，除了留下大量诗篇之外，他还创作了一些辞赋，比如《感士不遇赋》，来抒发自己的心志。他在序文中说：

昔董仲舒作《士不遇赋》，司马子长又为之。余尝以三余之日，讲习之暇，读其文，慨然惆怅。夫履信思顺，生人之善行；抱朴守静，君子之笃素。自真风告逝，大伪斯兴，间阎懈廉退之节，市朝驱易进之心。怀正志道之士，或潜玉于当年；洁己清操之人，或没世以徒勤。故夷皓有安归之叹，三闾发已矣之哀。悲夫！寓形百年，而瞬息已尽；立行之难，而一城莫赏。此古人所以染翰慷慨，屡伸而不能已者也。夫导达意气，其惟文乎？抚卷踌躇，遂感而赋之。

司马子长就是司马迁，曾经写过《悲士不遇赋》。"三余之日"，冬天是一年中的空闲，夜晚是白天之后的空闲，阴雨天则是不必劳动的空闲。陶渊明在读过董仲舒与司马迁的同名赋作之后，很有感慨。认为履行信义心怀忠孝，是人类的良好品性；胸怀淳朴抱守宁静，是君子纯朴的质素。自从真淳的世风消逝，虚伪的恶习盛行，廉洁谦退的节操在民间日益淡漠，钻营求进的邪心在官场受到鼓励。心怀正直有志道义的人只能潜居隐藏，洁身自好操行清廉的人徒自劳苦终生。因此伯夷、四皓有"安归"的悲叹，屈原有"已矣"的哀怨。可悲啊！人生百年，瞬息之间寿数已尽；建德修行，却难以得到应有的报偿。这就是古人之所以慷慨提笔，不断抒发感慨而不能停息的原因啊！能够传达意愿情绪的大概只有文章了吧？因此写了这篇赋作。

陶渊明在赋中说，上古之时，有人居处乡野闲散游戏，有人力求作为救助黎民，隐居和出仕都合于本分，各自都傲然自足，满意称心。随着时代的发展，人们遂分成不同的群体对立纷争。尘世编织了巨大的罗网，人们就像鱼鸟那样担惊受怕，于是通达有见识的人很快醒悟，辞官弃禄隐居躬耕，宁可安于贫贱，不图富贵尊荣。他们遵奉上天既定的命运，师法圣人留下的遗著，对君王尽忠，对父母尽孝，在乡里重情谊讲信义，言行相符。以诚心待人得到人们的推誉，绝不矫揉造作去祈求荣耀。但是他们的选择却被诋毁中伤，把深谋远虑说成糊涂，把正直而行称为狂妄，哪怕有着琼玉兰草般的品质，也无人把他们颂扬。陶渊明回顾了不得其时的历史人物，比如张季、冯唐、贾谊、董仲舒等，想到这些哲人遭遇不幸，让他不禁泪水涟涟。陶渊明如同司马迁一样，发出了强烈的对天道的质疑：常说天道无亲，帮助的是善良仁厚之人，但是伯夷到老挨饿，颜回家贫短命，一个勤奋好学，一个诚心行义，为什么生前死后那么痛苦辛酸？李广战功卓著却无尺寸之封，王商呕心沥血拯救时弊，祸患却接踵而至。

不过，尽管天道不公，正义不至，但陶渊明最后还是表示：

　　宁固穷以济意，不委曲而累己。既轩冕之非荣，岂缊袍之为耻。诚谬会以取拙，且欣然而归止。拥孤襟以毕岁，谢良价于朝市。

　　我宁可固守贫穷而成全心意，也不委曲求全而损害自己。不以做官为荣，更不因贫穷而耻。既然选择了固穷守拙的道路，那就欣然归家。抱持孤介的情怀度过余生，辞谢市集为我开的高价，绝不再出卖自己。

三、饮酒的乐趣

除了读书以外，能给陶渊明带来莫大享受的就是饮酒。自古以来，酒就是中国人至关重要的生活伴侣、精神寄托与情感抚慰，从平民百姓到王公贵族，一直把饮酒视为人生享受。

值得注意的是，到了汉末，饮酒之风在文人群体中特别盛行。王瑶先生举出不少文人酗酒的例证：据《后汉书·孔融传》记载，孔融府上宾客日盈其门，常叹曰："坐上客恒满，尊中酒不空，吾无忧矣。"[①]曹操禁酒时，孔融连上两表，皆措辞激昂，为饮酒辩护。最终积嫌成忌，终至枉状弃市。曹氏父子自己也饮酒成瘾。曹操《短歌行》言："何以解忧，唯有杜康。"曹植"任性而行，不自雕励，饮酒不节"。[②]曹植因喝酒耽误了率兵出征的军令；也因饮酒悖慢、劫持使者，加深了与曹丕的矛盾。荆州牧刘表与其子弟，都喜欢喝酒。制作了三个酒爵，分别为它们取名为伯雅，容量七升；中

---

① （南朝宋）范晔：《后汉书·孔融传》，中华书局 1965 年版，第 2277 页。

② （西晋）陈寿：《三国志·魏书·陈思王传》，中华书局 1959 年版，第 557 页。

雅，受六升；季雅，受五升。专门在杖端装上针，客人喝醉睡在地上的，就用针刺，以验证他是真醉还是装醉。献帝时有光禄大夫刘松，在盛夏三伏天昼夜酣饮，极醉至于无知，说是避一时之暑。

魏晋易代之际，不饮酒不足以成竹林名士。他们沉湎其中，几乎是用生命在喝酒，而且流风所被，竞相效仿。此一时期的文献中，记录了大量名士饮酒的风流趣闻，诚如王孝伯所言："名士不必须奇才，但使常得无事，痛饮酒，熟读《离骚》，便可称名士。"（《世说新语·任诞》）可见嗜酒是魏晋的时代风气，是成为名士的必要条件。饮酒也是陶渊明母系氏族的家族爱好，上文我们说到，他的外祖父孟嘉与叔公孟陋均爱喝酒。

酒同样是陶渊明一生的朋友。"虽无挥金事，浊酒聊可恃"（《饮酒》其十九），田园生活虽然没有挥金如土的豪贵气派，但喝酒的快乐则是可以期盼的。劳动了一天之后，身体疲惫，洗濯之后在檐下休息，喝上一壶浊酒散心开颜。故人到来之前，一个人在东屋孤独地酌着春酒，用以打发等待时的烦躁与无聊。朋友来了，理当用酒招待，"或有数斗酒，闲饮自欢然"（《答庞参军》）。邻居来往要喝酒，所谓"斗酒聚比邻"（《杂诗》其一），于是，"过门更相呼，有酒斟酌之"（《移居》其二）。弹琴时要喝酒，"清琴横床，浊酒半壶"（《时运》）。与人出游时，面对死亡的故人要喝酒，面对着良辰美景更要喝酒。酒是陪伴他度过漫长而寂寞的乡村夜晚的良朋，他在《饮酒》组诗的序言中说："余闲居寡欢，兼比夜已长，偶有名酒，无夕不饮。顾影独尽，忽焉复醉。既醉之后，辄题数句自娱，

纸墨遂多。"酒是他创作灵感的触发物，闲居独饮后的随手题咏，
积聚之后成了二十首组诗。酒也是他忘掉痛苦与烦恼的麻醉剂，"酒
能祛百虑"（《九日闲居》），"泛此忘忧物，远我遗世情"（《饮酒》
其七）。哪怕在面临死亡这样无法解决的问题时，倾觞一饮，便可
以暂时忘却，"常恐大化尽，气力不及衰。拨置且莫念，一觞聊可
挥"（《还旧居》）。不但能够暂时忘却死亡的痛苦，甚至能感受到升
仙般的醺然："故老赠余酒，乃言饮得仙。试酌百情远，重觞忽忘
天。"（《连雨独饮》）酒也是他讥刺现实的掩蔽物。这种讥刺与批评
往往会得罪人，这时候，酒就成为寻求原谅与理解的托词，"但恨多
谬误，君当恕醉人"（《饮酒》二十）。萧统在《陶渊明集序》中就
说："有疑陶渊明诗篇篇有酒，吾观其意不在酒，亦寄酒为迹焉。"
以酒取乐，以酒排忧，在飘飘然的沉醉中忘却烦恼，在酒醉的掩护
下直言不讳。所以，饮酒是陶渊明生活中重要的内容之一，他在给
自己写的《拟挽歌辞》中说"但恨在世时，饮酒不得足"，这辈子
最大的遗憾，就是在世的时候酒还没有喝够。

王瑶先生更从思想观念、社会政治背景等方面分析饮酒之风在
汉末魏晋特别盛行的原因。

首先，从思想观念上说，因为汉末是一个动荡混乱的时代，饥
荒、瘟疫、战争频发，死亡率奇高，这造成了文人对生命的强烈留
恋，和对于死亡会突然来临的恐惧，这也和当时所表现的时光飘忽
和人生短促的思想是一致的。道教想用人为的办法延长寿龄，但清
醒的文士们意识到这实际上做不到，他们失去了对长寿的希冀，对

现刻的生命更觉得热爱和宝贵。放弃了祈求生命的长度，便不能不要求增加生命的宽度。《古诗十九首》所说："服食求神仙，多为药所误。不如饮美酒，被服纨与素。"对死亡的达观是沉溺于酒的最主要的原因。

其次，无论贤愚贵贱的结果都是一死，对事业声名等也就更加无心追求，因此，造成了放浪形骸的任达与终日沉湎的饮酒。

再次，魏晋易代之际的饮酒有社会情势的逼迫，为了逃避现实，为了保全生命，他们不得不韬晦，不得不沉湎，饮酒好像只是快乐的追求，但实际却有更大的忧患背景。这是对现实的不满和对迫害的逃避。饮酒只是麻醉自己和避开迫害的一种手段。

最后，饮酒之后的醺然境界，会让人产生超越感，达到物我两忘的自然境界，这正是魏晋玄学所追求的人生境界。据《世说新语·任诞》篇载，王忱曾叹言："三日不饮酒，觉形神不复相亲。"而王荟则说："酒正自引人著胜地。"意思大致相同。

所谓形神相亲是什么样的境界呢？《庄子·达生篇》说：无论车跑得多快，醉者坠车时，虽然满身是伤却不会死，骨节与平常人相同，但受害却比常人轻，这是醉酒的人"神全"的缘故。所谓"神全"，就是乘亦不知，坠亦不知，死生惊惧，不入乎胸中，所以遭遇外物的伤害也全然没有惧怕之感。道家所追求的是一种物我两忘的自然境界、与造化同体的近乎游仙的超越境界，所谓"逍遥浮世，与道俱成"，所谓"无思无虑，其乐陶陶，兀然而醉，豁尔而醒"的境界。而现实生活中，与此最接近的莫过于饮酒后微醺的境界。所谓酒中趣即是自然，一种在冥想中超脱现实世界的幻觉。也就是说，魏晋以后的名士饮酒，在于能够在短时内达至一种理想的人生境界。①

陶渊明的饮酒与竹林七贤等魏晋名士不同，他所处的政治与社会地位，与风暴中心较为疏远，以前是"口腹自役"的卑职，现在则是躬耕隐居，远离政治了。所以，他的政治态度比阮、嵇平淡得多。因此，陶渊明的饮酒，基本上不是出于避祸全身的考虑，而是出于对时光飘忽和人生短暂的现实考量，其中无疑表达了一种及时行乐的生活态度。人生没有其他乐趣，只有饮酒时乐在其中。这是他"诗篇篇有酒"的第一层原因。

其次，陶渊明的饮酒，是因为饮酒能够达至物我两忘的自然境界，即所谓任真自得、"体无"的境界。从《饮酒》（其五）这首诗中，我们就可以看出陶渊明是如何用诗歌来表达玄理的：

> 结庐在人境，而无车马喧。
>
> 问君何能尔？心远地自偏。
>
> 采菊东篱下，悠然见南山。
>
> 山气日夕佳，飞鸟相与还。
>
> 此中有真意，欲辨已忘言。

---

① 参见王瑶《文人与酒》，载《中古文学史论》，北京大学出版社 1998 年版，第 165—185 页。

　　这首诗可能是陶渊明诗作中最著名的一首了，古往今来，不知道有多少人对它进行过解读、赏析，但很少有人谈到过这首诗与玄学之间的关系。实际上，这首诗牵涉到玄学中两个著名的命题。魏晋玄学从郭象开始，对于"顺应自然"的理解就有了新的发展。在郭象看来，所谓"任自然"，并不需要老庄所说的"返朴还淳"，回到没有喧杂的原始境地，关键在于让本性自然发展，不是主动地、有意识地有所作为。他说："夫圣人虽在庙堂之上，然其心无异于山林之中，世岂识之哉！"[①]也就是说圣人虽然处于喧嚣繁杂的朝廷之上，每天处理许多世俗政务，但他的精神与在山林中隐居是一样的，依然可以达到玄远的境界。因为这都是他天赋才能的自然表现，对他的自然之性还是无所亏损。郭象的理论是为统治者辩护的，这种理论使得人们认为统治者在掌握政权的同时，依然能和高人隐士具有同样的精神境界。这种观点普遍为门阀士族所接受，从而在认识上发生了一个重大的变化：从对山林隐士的企慕转而认为在朝廷、在尘世依然能获得隐居的乐趣，关键在于本人的心态；甚至认为身处朝廷的心理上的隐士比归隐山林的形迹上的隐士具有更高的境界，所谓"小隐隐陵薮，大隐隐朝市"，说的就是这个意思。

　　"结庐在人境，而无车马喧。问君何能尔？心远地自偏"这四句话，显然是继承了归隐在心志不在形迹的观点，指出只要具有安宁的心态，即使在车马喧嚣的尘世人境，依然如同在僻远的山

-----

① （西晋）郭象注：《庄子·逍遥游》，载（清）郭庆藩集释《庄子集释》，中华书局 1961 年版，第 28 页。

林一样。

诗歌的后六句写隐居的乐趣，重在表达彻悟人生真谛后的愉悦。"采菊东篱下，悠然见南山"是千古传诵的名句，写诗人所为所见，于一俯一仰中见其高洁的情致。傍晚时分，山上的峰峦与云气在夕阳下交织在一起，朦胧而绚丽，南山上的烟岚在晚霞的映照下忽明忽暗，如梦如幻。"悠然"则反映的是心灵上的安闲与恬然。而"此中有真意，欲辨已忘言"这两句包含着一个十分重要的玄学命题。它取意于《庄子》。在庄子看来，大凡争辩，总是因为有自己所看不见的一面。至高无上的真理是不必称扬的，最了不起的辩说是不必言说的。《庄子·外物》又说："言者所以在意，得意而忘言。"[1]言是用来表达意义的，一旦感受到了意义，就应该把语言忘记。就像捉鱼抓鸟，必须用一种工具，既然捉着了鱼鸟，那些工具就不要了。如果捉到了鱼鸟还死抓住工具不放，那就是把工具当作鱼鸟了。如果在感悟到意义之后还记着语言，那就破坏了"混沌"的状态，所以"大辩不言"，至高的辩说就是不辩说，而至高的道理则是不能清楚地辨识并表述的。

在玄学家看来，人生的最高境界莫过于"混沌"，也就是宇宙初始时那种混茫未开、一片模糊的状态。从心理上来讲，那叫作"玄冥之境""惚恍之庭"，指的是精神上一种深远幽寂的状态。本来是处于一种清醒的、理智的、有分辨的状态，但尽量要回归到那

---

[1]　郭庆藩集释:《庄子集释》，中华书局1961年版，第944页。

种深远幽寂的、没有分辨的精神境界中，即"游惚恍之庭""返冥极"，这个过程，玄学家称之为"体无"，即重新体验这个世界初始的、也是终极的状态。

真正的混沌是没有分别的混融状态，但"体无"这种混沌，是经过分别后得到的，可以称为后得的混沌。在陶渊明的这首诗中，他已感悟到了"真意"，这个真意就是菊花、南山、飞鸟和他自己融为一体的那种混融感觉。这一片混沌是后得的，因为他自觉"此中有真意"，但是得到真意之后，就要忘言，不忘言就破坏了那一片混沌。所以在这一瞬间，陶渊明完成了玄学中的一种最高境界——"体无"。在这首诗中，陶渊明形象化地展示了"体无"的感觉和过程。

话说回来，后世的研究者可能拔高或深化了古人饮酒的思想原因。实际上，饮酒受欢迎，并成为文学作品表现的对象，最基础的原因是生理作用。酒精分子能促使大脑中多巴胺的生成，多巴胺是一种大脑神经的传导媒介，它能让大脑产生情欲以及感觉，会让我们感觉到兴奋喜悦。所以，微量的酒精对人体有一定的兴奋作用，使人产生轻快的感觉。然而，酒精是一种成瘾性物质，会使人产生依赖感。人们沉溺于饮酒的主要原因是生理上无法摆脱，只能以诗意笔法或哲学名词来掩盖和美化自己薄弱的意志力。

另外，作为一种社交手段，喝酒可增进感情，亲朋好友过年、过节时相聚，少不了喝点酒，常年不见面，喝点酒也能瞬间增进相互之间的感情。甚至完全陌生的人，在喝酒后也能快速打成一片。

喝酒也能烘托气氛，在气氛比较尴尬或者相互之间不熟悉的时候，喝点酒能让现场气氛迅速升温，将现场氛围营造得更加热烈。所以，饮酒具有很强的社交功能。

不过，陶渊明虽然嗜酒，但并不像汉末和竹林名士那样的昏酣。王瑶说，这是因为他没有完全放弃对于延年益寿的追求。在陶渊明的诗歌中常有采菊、食菊的描写，而在当时人的观念中，菊是能够辅体延年的。而陶渊明和前人最为不同的，是把酒和诗联系起来。阮籍等人，还是酒是酒，诗是诗；诗中并没有饮酒的心境的描写。以酒大量入诗，使诗中篇篇有酒的，陶渊明是第一人。

四、愉悦的家庭生活

在陶渊明的隐居生活中，幼小的孩子们无疑给他带来了无穷的快乐。陶渊明绝对是一位慈爱的父亲。他是如此爱自己的孩子，在他的长子陶俨出世的时候，他说自己就像生癫病的人，急不可待地取火照视，生怕儿子像自己一样丑陋。孩子带给了他这么多的快乐，所以他在诗中屡屡提到弱子戏侧的天伦之乐。"弱子戏我侧，学语未成音。此事真复乐，聊用忘华簪。"（《和郭主簿二首》其一）孩子牙牙学语的声音可以使他忘记荣华富贵。全家一起出游，同样是人生一大乐事，他说："今我不为乐，知有来岁不？命室携童弱，良日登远游。"（《酬刘柴桑》）陶渊明的生活态度可以用一副对联来概括："有子万事足，无官一身轻。"他也常常自责自己不能给孩子带来更舒适的生活，这种愧疚一直延续到陶渊明临终之时。在留给孩子的遗嘱中，他提及，作为一个父亲，却只能让孩子从小过着饥寒、操劳的生活，对此，他"念之在心，若何可言"！

陶渊明也是一位负责的父亲，他非常重视对孩子的教育。这种教育并不是表现在对孩子功课的督促与各种技能的训练上，更多的是重视孩子人品的培养，他经常教育孩子做人的道理。他希望自己的孩子是充满爱心的人。他曾经送给孩子一个仆人，专门写信关照他："仆人同样是父亲的孩子，要好好待他。"

陶渊明的五个孩子并不是一母所生，而陶氏家族又有兄弟失和的先例，所以，陶渊明对孩子之间的关系尤其关心，反复叮嘱："四海之内皆兄弟也，更何况是一家人。"中国是一个特别重视家族的国家，东汉魏晋，又是特别重视家族的时代，但即便在这样的时代，要维持一个大家庭的和睦也是相当困难的。做父母的都不希望自己的后代分家单过，但这实际上很难做到。东汉献帝时，颍川人韩融活到八十岁，一直是兄弟同居；西晋时，济北人汜稚春七代没有分家，这些人成为陶渊明心目中的榜样。他希望自己的孩子也能像他们一样，兄弟们始终生活在一起。

陶渊明又是一个风趣宽厚的父亲。他提到过对孩子的期望，无论早晨起来还是晚上睡觉时，无时无刻不希望儿子能够成才，在这一点上，陶渊明与天下所有的父亲并无两样。但紧接着还有一句话："尔之不才，亦已焉哉！"从这句话中，可以看出陶渊明的宽厚豁达。他和孩子的关系非常融洽，在他的《责子》诗中，用戏谑的口吻批评自己的孩子们：

白发被两鬓，肌肤不复实。

虽有五男儿，总不好纸笔。

阿舒已二八，懒惰故无匹。

阿宣行志学，而不爱文术。

雍端年十三，不识六与七。

通子垂九龄，但觅梨与栗。

天运苟如此，且进杯中物。

　　尽管是絮絮叨叨地数落着孩子的种种不是，但我们能想象到陶渊明脸上那慈祥的微笑，这种温厚的调侃恰好表现出父子之间的融洽关系，而这种融洽和睦的亲子与家庭关系是陶渊明不愿意崇信佛教的最大原因。刘程之曾经是陶渊明的父母官，年龄又比陶渊明大几岁，在陶渊明家居遇火的第二年，也就是义熙五年（409），陶渊明四十五岁那年，刘程之邀请陶渊明上庐山加入当时盛极一时的庐山教团。那时尽管陶渊明家室焚毁，失去了住宅，也丧失了全部的财产，但面对老上司和长者的邀请，他还是委婉地拒绝了。他在《和刘柴桑》中写明了不愿入山的原因："山泽久见招，胡事乃踌躇？直为亲旧故，未忍言索居。"可见，让陶渊明不忍心像佛教徒一样彻底斩断尘缘的最大牵挂就是"直为亲旧故，未忍言索居"，而在《酬刘柴桑》中说："今我不为乐，知有来岁不？命室携童弱，良日登远游。"吩咐妻子带上孩子们，乘着美好的时光一道去登高远游，这就是陶渊明最大的快乐。

五、和睦的朋友关系

　　除了亲人之外，陶渊明还有一批好友，与陶渊明有交往的大致有以下几类人：第一类是他在州府和军府任职期间结识的同僚，如庞主簿、邓治中、戴主簿、郭主簿、胡西曹、顾贼曹、张常侍等人。这些人的事迹大多不能详知，连姓名也很难考证，但从他们的官职来看，基本是州府和军府的下层僚佐，地位和陶渊明相似，应该都是陶渊明在任官期间结识的同事。柴桑县令刘程之于元兴二年（403）弃官归隐，接替他的县令姓丁，即丁柴桑。陶渊明和丁县令之间有非常融洽的关系，两人多次一同游玩，丁县令似乎还亲自前往陶渊明的园田居拜访，让陶渊明特别高兴，他专门写诗记曰：

> 有客有客，爰来宦止。
>
> 秉直司聪，惠于百里。
>
> 飧胜如归，聆善若始。
>
> 匪惟也谐，屡有良游。

载言载眺，以写我忧。

放欢一遇，既醉还休。

实欣心期，方从我游。

有一位来客到本地做官，秉性正直，听察民隐，恩惠覆盖全县。接受胜理如同回家一样欣喜，听到善言都像初闻那样新鲜。我们不只思想和谐，还多次愉快地共同游览。一边交谈，一边远望，宣泄了心中的忧愁。难得遇到如此的欢乐，正好一醉方休。能同我一起游玩，真开心实现了心中的期望。

与陶渊明交往的第二类人是隐逸和方外之士，如慧远、周续之、刘遗民等人。慧远是北方佛学大师道安的大弟子，奉道安之命到江南宣扬佛法。东晋太元六年（381），慧远来到庐山，后江州刺史桓伊为他在山中修建了东林寺。在江南，慧远的声名很大，影响很广，远近僧徒都来庐山求教，就连东晋政权的要人也都很尊重他。晋安帝就曾经给慧远写信。桓玄对佛教不满，曾经下令让一部分僧尼还俗，但庐山的僧尼却不在沙汰的范围之内。庐山是陶渊明经常往来之处，他的腿脚有病，爬山不方便，所以让门生用篮舆抬着上山。据《莲社高贤传》说，元兴元年（402）时，慧远和慧永、慧持、刘遗民、雷次宗等十八位高贤结社念佛，因为寺前净池多植白莲，故称白莲社。结社以后，慧远曾经写信邀请陶渊明加入白莲社，陶渊明说："如果允许饮酒就可以前往。"慧远答应了他，可到了庐山，陶渊明忽然就皱着眉头离开了。不过，慧远结白莲社一事，并不可靠，慧远招陶渊明入社之事大概也是附会，但陶渊明和慧远有过交往，应该没有什么问题。

　　第三类是邻居、乡人。这些人几乎都没有留下姓名，但从诗文中可以看出，陶渊明与他们的关系也十分亲密。劳动时他们披草来往，互相交流，互相帮助，"相见无杂言，但道桑麻长"（《归园田居》其二）。平日里则饮酒欢聚。有时是陶渊明请客，"只鸡招近局"（《归园田居》其五），"斗酒聚比邻"（《杂诗》其一）。有时则是友人带酒主动上门："故人赏我趣，挈壶相与至。班荆坐松下，数斟已复醉。父老杂乱言，觞酌失行次。"（《饮酒》其十四）在松树下随便铺上草，席地而坐，几杯酒之后便有了醉意，大家便抢着说话，不分次序地胡乱喝上了。《饮酒》（其九）则记载了一个田父带着酒，一清早大老远地跑来，一片好意地劝说陶渊明出仕：

清晨闻叩门，倒裳往自开。

问子为谁欤？田父有好怀。

壶浆远见候，疑我与时乖。

"褴缕茅檐下，未足为高栖。

一世皆尚同，愿君汩其泥。"

深感父老言，禀气寡所谐。

纡辔诚可学，违己讵非迷！

且共欢此饮，吾驾不可回。

这首诗有些细节写得很生动，比如"倒裳往自开"，一大清早就听到重重的敲门声，主人急忙从床上爬起来赶去开门，忙乱中连下衣都穿倒了。从这个细节中，既可以看出田父的热情与不拘小节，也能够看出陶渊明田园生活的闲适甚至懒散，更能够看出他的好客。

躬耕、读书、饮酒、带娃、交游的归隐生活给陶渊明带来了太多的乐趣，因此，陶渊明修正了他早年的人生理想，他在《杂诗》（其四）中说：

> 丈夫志四海，我愿不知老。
>
> 亲戚共一处，子孙还相保。
>
> 觞弦肆朝日，樽中酒不燥。
>
> 缓带尽欢娱，起晚眠常早。
>
> 孰若当世时，冰炭满怀抱。
>
> 百年归丘垄，用此空名道！

他现在只愿亲人团聚，子孙环绕，人人平安。朝朝弦歌，夕夕欢饮。放松衣带，尽情欢娱；早睡懒起，享受自在闲适的生活。不用像当今的世俗之士，为得失利害而煎熬。

陶渊明辞官回乡后，他时时在"仕"与"隐"之间犹豫、矛盾，甚至挣扎。他不仅要面对官府的征召、朋友亲人的劝说，而且生活也变得极其穷困，此时是否坚持隐居这一问题就更加尖锐地摆在他的面前。

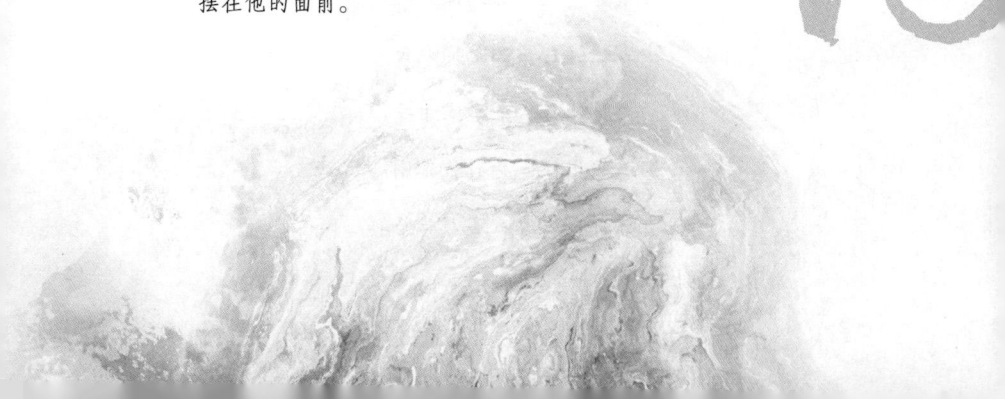

一、六月遇火

　　义熙四年戊申岁（408），四十四岁那年的六月，陶渊明在园田居的住宅遭遇了一场火灾，烧毁了一切，一家人只得寄居在门前水塘的船上。七月时，陶渊明写了《戊申岁六月中遇火》，记载了当时的处境与心情：

> 草庐寄穷巷，甘以辞华轩。
>
> 正夏长风急，林室顿烧燔。
>
> 一宅无遗宇，舫舟荫门前。
>
> 迢迢新秋夕，亭亭月将圆。
>
> 果菜始复生，惊鸟尚未还。
>
> 中宵伫遥念，一盼周九天。
>
> 总发抱孤介，奄出四十年。
>
> 形迹凭化往，灵府长独闲。
>
> 贞刚自有质，玉石乃非坚。

仰想东户时，余粮宿中田，

鼓腹无所思，朝起暮归眠。

既已不遇兹，且遂灌我园。

　　将草庐建在偏僻的陋巷，是因为自愿远避富贵。没想到盛夏刮
起了大风，林木环绕的居室顿时燃起了大火。所有的房舍烧光殆
尽，只能居住在门前的舫舟之上。新秋到来的晚上，皎洁的明月
将圆未圆。补种的果菜开始重新生长，受惊的鸟儿还未归还。面对
着生活的困境，陶渊明没有丝毫的后悔。他说自己自童年开始便孤
介贞刚，转眼已经四十多年，形迹任凭大化的演变，心灵则长久的
恬淡安闲，因为自己生就了比玉石还坚贞的刚直本性。东户季子是
传说中的太平时代之君主，据《淮南子·缪称》篇说，他主政的年
代，道不拾遗，农具与余粮，都放在田头路边。《庄子·马蹄》说，
赫胥氏之时，老百姓都"含哺而熙，鼓腹而游"[1]，意思是口里含着
食物嬉戏，鼓着吃饱的肚子游玩。陶渊明此时怀念起传说中的上古
盛世，希望能像上古的人民一样无思无虑，早起劳作，晚上归眠。
然而，自己再难遇上如此淳朴的年代，那就只能像於陵仲子那样安
心浇灌我的园田。

　　而就在此时，与陶渊明相依为命的从弟敬远去世。上文说过，
他们关系不一般，既是堂兄弟，又是表兄弟，在童年时代，他们又

---

① （清）郭庆藩：《庄子集释》，中华书局1961年版，第341页。

都失去了父亲。陶敬远去世时，只有三十一岁，留下了还在牙牙学语的孩子和年轻的妻子，这让陶渊明万分悲痛。陶敬远虽然比陶渊明小了十余岁，但两人感情十分深厚，"斯情实深，斯爱实厚"。陶渊明回忆起两人一起度过的贫寒生活："念畴昔日，同房之欢，冬无缊褐，夏渴瓢箪；相将以道，相开以颜。岂不多乏，忽忘饥寒。"想起往昔的日子，同住在一起的欢娱。冬天没有粗布衣服，夏天只靠瓢饮箪食度日。互相以道义相勉励，互相解忧以得欢乐。生活虽多有困乏，但友谊使我们忘记了饥寒。陶敬远与陶渊明的价值观、性格、为人、爱好等都非常接近。陶敬远自少年起即清心寡欲，不固执，不孤僻，有利益先尽别人，心里不计较得失，好恶不附和世俗。爱好文章和琴棋书画。喜欢神仙之事，委弃了事务，隐居在山林深处。早上采摘仙药，晚上研习素琴。陶渊明外出求仕没有成功，回到家乡后，只有敬远了解陶渊明平生的心意志趣，愿与他携手同隐，而不管世俗的议论。陶渊明想到两人在一起度过的美好时光："每忆有秋，我将其刈，与汝偕行，舫舟同济。三宿水滨，乐饮川界。静月澄高，温风始逝。抚杯而言，物久人脆。奈何吾弟，先我离世！"每每想起秋收之时，和敬远一起从事收割，两船并行渡水，多次在江边留宿，快乐地在水边饮酒。静静的月亮高悬在澄明的天空，夏天的热风刚刚消逝。俩人持杯闲话，说到人生脆弱，自然永存。没想到你却先我离世，陶渊明表达了他的无限追思：

事不可寻，思亦何极，日徂月流，寒暑代息。死生异
方，存亡有域，候晨永归，指涂载陟。呱呱遗稚，未能正
言；哀哀嫠人，礼仪孔闲。庭树如故，斋宇廓然，孰云敬
远，何时复还？余惟人斯，昧兹近情。蓍龟有吉，制我
祖行。望旐翩翩，执笔涕盈，神其有知，昭余中诚。呜呼
哀哉！

人事既不可追寻，思念又如何能停止。日月流逝，寒暑更替，
一死一生分隔在不同的地方，一存一亡有着明显的界域。等到择定
的那个早晨，你将永归后土，踏上去往墓地的路程。你留下的呱呱
啼哭的幼儿，尚未能学会说话；你抛下的悲哀的未亡人，非常懂得
礼仪。庭院中的树木依旧，屋舍之中空空荡荡，敬远啊，你何时能
再回还？我揣想别人是无法理解这种亲密之情的。在占卜过的吉祥
之日，按照规定的丧礼制度为你送行。看着飘动的魂幡，我拿着笔
泪满面。你的神灵如有知觉，定然会明白我心中的诚意。真是太令
人心痛了。

二、回归上京

园田居被烧以后，陶渊明在船上住了将近三年，又搬回柴桑城的上京闲居，这时距陶渊明离开此地已经六年了，原先的旧居一片萧条。农田阡陌虽然如故，但屋邑却破败坍塌，非复旧时模样。周边的邻居老人也少有遗存。萧瑟的景象使得陶渊明充满了人生无常的感慨。《还旧居》记录的就是这一次的回归。①

畴昔家上京，六载去还归。

今日始复来，恻怆多所悲。

阡陌不移旧，邑屋或时非。

履历周故居，邻老罕复遗。

步步寻往迹，有处特依依。

流幻百年中，寒暑日相推。

① 《还旧居》的写作年代，采用钱志熙先生的意见。见《陶渊明经纬》，北京大学出版社2019年版，第82—83页。

常恐大化尽，气力不及衰。

拨置且莫念，一觞聊可挥。

园田居被焚之后，以前祖业所传，加上四任为官的微薄积蓄都毁于这一场大火，此时陶渊明的生活与普通劳动者无异，完全要靠几亩薄田养活自己。耕田手艺的笨拙以及营生不善使得陶渊明的经济状况每况愈下。他在《杂诗》（其八）中说：

代耕本非望，所业在田桑。

躬亲未曾替，寒馁常糟糠。

岂期过满腹，但愿饱粳粮。

御冬足大布，粗绨以应阳。

正尔不能得，哀哉亦可伤！

人皆尽获宜，拙生失其方。

理也可奈何，且为陶一觞。

到了晚年，陶渊明已经困窘到需要乞食：

饥来驱我去，不知竟何之！

行行至斯里，叩门拙言辞。

主人解余意，遗赠岂虚来？

谈谐终日夕，觞至辄倾杯。

情欣新知欢，言咏遂赋诗。

感子漂母惠，愧我非韩才。

衔戢知何谢，冥报以相贻。

可以说，这场大火是转折点，它使得陶渊明的隐居生活从小康转为贫困，这也使他对社会的认识更加接近真正的农民。

三、仕隐之间的矛盾与思考

归田前期，陶渊明的生活基本上是愉悦的，但有很多时候，他的内心也充满了矛盾与纠结。这一时期，他面对的关键问题就是出处问题。从他二十九岁出仕到四十一岁辞官回乡，他时时在"仕"与"隐"之间犹豫、矛盾，甚至挣扎。在他辞官以后，还要面对官府的征召、朋友亲人的劝说；而当陶渊明的归田生活变得极其穷困的时候，是否坚持隐居这一问题就更加尖锐地摆在他的面前。所以我们说出处问题是陶渊明思考得最长久、最深入的问题，恐怕并不为过。

众所周知，在中国古代，读书人出路非常狭窄，能够被世俗观念认可的，那就是出仕做官。在中国古代的价值观念中，仕途上的成功是最大的成功，只有少数人出于各种原因选择做隐士。

所谓隐士，是指那些有资格或者有可能出仕、但主动选择不去做官的人。这样的人物从商末周初就开始出现，以后历朝历代都有产生。在陶渊明之前的隐士，隐逸的原因大体上有那么几类。第一类是对现任统治者不满，用隐居来表达不合作乃至对抗的态度。这种类型的隐士可以伯夷、叔齐为代表。伯夷、叔齐不满周武王作为臣子却用武力推翻商朝政权，因此，隐居于首阳山，最后不食周粟而死。这一类型的隐士讨厌、愤恨的是与他政治理念不合、利益有冲突或者有其他矛盾的统治者。在王莽新政的时候，就有很多人拒绝承认王莽的政权，产生了一大批隐士。这类人隐居的目的是抗议。

第二类是因为时代混乱、政治黑暗，出仕做官往往会遇上不测之危险，为求安全起见而隐居归乡。春秋时孔子在楚国碰上的楚狂接舆、长沮、桀溺等大概就属于这一类型。如果政治清明了，做官安全了，他们也不见得拒绝为官。这样的隐士在东汉末年的时候产生了一大批，这类人隐居的原因是避祸。

第三类则是看不起或者讨厌主流的、世俗的生活方式。为官的目的是什么？不外乎是为了名誉、地位与利益，较为高尚一点那是为了干一番事业。但在这一类隐居者看来，功业并无价值，名利只是祸患，隐逸才是比为官出仕更高尚的生活方式。他们否定的是传统的、主流的价值观念。这方面的隐士可以庄子常常称道的许由为代表。传说中的许由生活于尧帝时期，按说是一个政治清明的时代。据说尧帝多次想把天下让给许由来掌管，但许由拒绝了。他说："我个人所需要的只是非常少的一点生活资料，这么大的天下对我有什么用呢？"因此，他逃到箕山隐居起来，而他的行为让尧帝等人感到若有所失。在道家的经典中，塑造了很多这样出世的高士，并让一些圣君对他们表示钦佩与崇敬。成为圣君是为官的最高境界了，但即便做到为官的极至，依然不如这些高尚的隐士；这类故事就这样颠覆了传统的社会评判标准。类似这样的隐士，其隐居的目的是表示清高。

陶渊明的归隐田园和上述三种都有所不同。他既不完全是对某一具体的统治者不满，以隐居来表示不合作和对抗；也不完全是因为时代混乱，通过隐居来避祸自保；他也并没有明确表示隐居是一种更高尚的生活方式。他的隐居，可能三种原因都有，但三者都不全面。他本人在谈到他隐居时，完全是用一种自然主义的态度来解释其中的原因。他说："质性自然，非矫厉所得。饥冻虽切，违己交病。尝从人事，皆口腹自役。于是怅然慷慨，深愧平生之志。"意思是，他的本性崇尚自然，不能够勉强自己，饥饿和寒冷虽然带来了切身的痛苦，但违背自己的意愿那就是身体和心理上双重痛苦。以前的出仕都是为了谋生糊口而役使自己，想到此，不禁惆怅感慨，感到对不起平生拥有的志向。我们上文讲到，所谓"自然"，表现在人的生活中，就应该是一种自愿的、不勉强的、自由的状态，而做官这种生活方式并非出自陶渊明的意愿，只是迫于生活的压力，并且是不自由的，他在从事这项工作的时候感到非常的勉强，显然就不是一种"自然"的状态，这就是陶渊明决定辞官的最本质的原因。这种解释比起那些用隐居来标榜自己清高的人来说，少了几分矫情，而多了一些真诚与自然。

事实上，西晋以后，隐逸之风是非常盛行的，当时对隐逸这种

生活方式曾经有过广泛的讨论，大致产生三种不同的观点。第一种
观点是对隐逸持批评的态度，他们认为知识分子有责任、有义务辅
佐君主治理国家，贤才隐伏不仕，既浪费了自己的才华，也逃避了
自己身上的责任与义务。但这种观点只占绝少数。

第二种观点则认为处者为优，出者为劣。这种观点占绝大多
数。《世说新语·排调》上记载了一个故事，很能说明问题。谢安
原本是高卧东山不准备出仕的，后来经不起再三的征召，做了桓温
的司马。有一次，有人给桓温送药材，桓温拿着远志这味药材问谢
安："这种草还有一个名字叫小草，怎么同一物会有两个名称呢？"
谢安还来不及接口，在座的郝隆应声而答："这很容易理解，处则
为远志，出则为小草。"谢安听后脸有愧色。由此可以说明，在当
时人的观念中，隐居者才能称得上志向高远，而一旦出山做官，就
如同小草一样轻贱。

第三种观点是认为隐与仕难分优劣，两者实为殊途同归。葛洪
在《抱朴子》中说，在朝廷做官的人运用自己的能力来处理各种庶
务，是在为君主分担责任；而在山林隐居的人则培养道德，他们的
行为可以冲刷世俗中的贪婪与污浊，有助于道德教化，所以，他们
都是君主的好臣民。葛洪是从儒家的立场来看待这个问题，而有些
玄学家则从另一个方面来看待这个问题。谢万曾经写了一篇《八贤
论》，称赞了一些隐居的贤士，认为处者为优，出者为劣。玄学家
孙绰不同意，他的观点就是"出处同归"，出世与做官最后都归于
一途。在一部分玄学家看来，只要你心境高远，不让世俗的事务缠

心，那么不论你做官还是隐居都不重要。人在朝廷之中，但心志依然清明，也就是做到"心隐"，这比专门到山林去隐逸境界更高。玄学家的这套理论为那些既不愿意放弃为官的各种利益而又想享受清高之名的贵族们开了方便之门，那些身居高位的贵族同样可以声称自己是"朝隐之士"，也就是官场内的隐居者。

这三种看法，以第二、第三种占绝对优势，这就形成了一种敬重隐逸的社会风气。所以在晋时，隐逸之风盛行。上文我们说过，在陶渊明的亲戚中就有好几个隐士，比如他的族叔陶淡、他的外叔公孟陋，他妻子的娘家翟家四代都是隐士。他的朋友中，如刘遗民、周续之等也都算是隐士。在寻阳及江州地区，更是有不少隐居者。所以陶渊明隐居，最主要的压力并不是来自社会舆论，而是来自生活的贫困和亲朋好友出于好意的关心，考验陶渊明坚持隐居的因素概括来说有以下几个方面：

第一是早年志向和自我期许之间的矛盾。出身于寻阳地区的名门望族，使得陶渊明早年有着远大的志向，也有着很高的自我期许，然而年逾不惑却依然一事无成，曾让他非常焦虑。陶渊明四十岁那年，因为守孝，在家里碌碌无为，而转眼又到了木槿盛开的夏季。木槿是一种灌木植物，早晨开花傍晚即谢，生命的短暂让诗人联想到日月更替，时光流逝。想到在孩童时所拥有的超逸四海的猛志以及骞翮远翥的理想，可如今头发已经斑白，却还是一事无成。有感于此，陶渊明写了一首四言诗《荣木》，诗云：

采采荣木，结根于兹。

晨耀其华，夕已丧之。

人生若寄，憔悴有时。

静言孔念，中心怅而。

采采荣木，于兹托根。

繁华朝起，慨暮不存。

贞脆由人，祸福无门。

匪道曷依？匪善奚敦！

嗟予小子，禀兹固陋。

徂年既流，业不增旧。

志彼不舍，安此日富。

我之怀矣，怛（dá）焉内疚。

先师遗训，余岂之坠。

四十无闻，斯不足畏。

脂我名车，策我名骥。

千里虽遥，孰敢不至！

　　鲜亮的木槿花，在这里扎根生长。早晨的花朵灿烂无边，傍晚却已经凋丧。人生像是寄居的旅客，很快就会憔悴枯黄。静下心来仔细一想，禁不住心中惆怅。鲜亮的木槿，在这里生长扎根。早晨怒放的满树繁花，到晚上却一朵无存。坚贞脆弱全在自己，是福是祸也怨不得别人。不是圣贤之道如何皈依，不是为善怎能勉力实

行？可叹啊，我这庸碌的人！秉持的只是鄙陋的天赋，逝去的年华
如流水，学业却没有增进多少。我的期望是不停地前进，却又把时
光在醉酒中空耗。想起这些啊，伤痛的心便倍增懊恼。先师孔子留
下的遗训，我怎么能够弃捐？四十还未建立功名，那就不值得别人
尊敬。赶快吧，给我的求名之车涂上油，朝我的求名之马举起鞭。
征途千里虽然遥远，不达目的怎敢止步不前！

　　以上那种急迫的求名想法要完全消除并不现实，陶渊明的诗歌
中反复称道归田的乐趣，实际上是在努力说服自己：归隐的选择是
正确的。

　　第二是生活的贫困。出仕为官有诸多好处，好处之一，就是能
够为自己和家人获得较高的社会地位，并创造好的生活条件。在东
晋，像陶渊明这样的隐士，社会地位可能并不低，但生活条件则非
常差。陶渊明终身生活在贫困之中，最穷的时候没有酒喝，没有饭
吃，饿得躺在床上起不来。人到了无法生存时，难免就会思考如何
来改善，这是陶渊明隐居时需要面对的考验。

　　第三是家庭责任感所带来的愧疚之感。陶渊明是一家之主，母
老子幼，赡养家庭是他的责任，也是他的义务。陶渊明早年一直在
仕与隐之间犹豫，就是因为家庭。为了承担奉亲养子的家庭责任，
才选择了为官出仕。他后来终于隐居，与母亲去世以后身上的责任
感略微减轻有关。但隐居之后贫苦的生活使他一直对孩子们有所愧
疚，在他的诗文中，曾明确流露出这种惭愧之情。家庭责任是隐士
们普遍要面对的压力，陶渊明也不例外。

第四层压力则来自朋友们的关心和官府的征召。很多朋友看到他的生活境况，多次劝说他出仕，比如他的田父邻居、庞参军、殷晋安等人，似乎都劝说过他，而官府的一再征召也一直诱惑着他。

在这四层压力中，最根本的还是贫困，其他的压力都由此而引起。如何面对这些压力？在这个时候，有两种力量在支持着陶渊明，首先就是儒家"忧道不忧贫"的教诲和"君子固穷"的古训，其次是前圣先贤们安贫守贱的事迹，这两种力量使他在穷困潦倒当中坚持隐居而没有向世俗屈服。

"君子固穷"这句话出自《论语·卫灵公》。孔子在陈国断了粮，跟随的人都饿病了，不能起身。子路问孔子："难道君子也有穷困的时候吗？"孔子说："君子安守穷困，小人穷困便会胡作非为。"陶渊明在诗文当中曾反复提及这句话："宁固穷以济意，不委曲而累己。"宁可固守穷困而随顺心意，也不委曲心意而使自己受累。给他更多鼓舞的就是先贤们的事迹，"何以慰吾怀？赖古多此贤"。他写诗歌颂了历史上一些著名的贫士，如荣启期、黔娄、袁安、张仲蔚、黄子廉。黔娄死后，曾参前去吊唁，看到黔娄的尸体停在破窗底下，身着旧绵袍，垫着烂草席，身上的短衾盖住了头就盖不住脚，盖住了脚就盖不住头。曾参对黔娄夫人建议说，您把衾斜过来就能全部盖住了。黔娄夫人说："宁可正着盖盖不住，也好过斜着盖有富余。先生生前不斜，死后斜着，这不是先生的意思。"陶渊明就从这些先贤身上汲取力量。他说袁安"贫富常交战，道胜无戚颜"，守道而贫与富而不义这两种念头交战于胸中，最后道义获胜。因此，虽处贫贱也心中坦然。他说黔娄"岂不知其极，非道故无忧……朝与仁义生，夕死复何求"；说张仲蔚是"介焉安其业，所乐非穷通"，坚定地安守着自己的本分，他的快乐与仕途上的困窘还是通达无关。总而言之，"谁云固穷难，邈哉此前修"，谁说安守贫困的生活很困难呢？在遥远的前代有着这么多的先辈。"历览千载书，时时见遗烈。高操非所攀，谬得固穷节。"前辈们高尚的节操固然是我所不能企及的，但我也有和他们相同的地方，那就是能够安守贫贱。"不赖固穷节，百世当谁传？"先贤如果不是能够安守贫贱的话，他们的高名怎么能够传承下来呢？这些古代的贤者就是这样支持着陶渊明的隐居生活。

四、迁居南村

陶渊明在上京旧居住的时间并不长，义熙七年（411），也就是田园焚烧后的第三个年头，他搬到了他的新居——南村。有学者认为南村就在栗里，在庐山的南面，面山带江，风景秀丽。据说到唐朝时此处旧宅依然存在。白居易有《访陶公旧宅诗》，诗序中说自己因仰慕陶公的为人，"游庐山，经柴桑，过栗里，思其人，访其宅"。诗中说："柴桑古村落，栗里旧山川。不见篱下菊，但余墟里烟。子孙虽无闻，族氏犹未迁。每逢姓陶人，使我心依然。"[1] 清人恽敬游览庐山时，也曾经考察过南村的地理："敬尝游庐山，求所谓栗里者，得之。其地西南距柴桑，东北望上京，庐山之阳谷也。"[2]

以前在上京旧居与园田居居住时，陶渊明的官吏朋友住的似乎

---

① 顾学颉校点：《白居易集》，中华书局 1979 年版，第 128—129 页。

② （清）恽敬：《靖节集书后》，转引自北京大学、北京师范大学中文系编《古典文学研究资料汇编·陶渊明卷》，中华书局 1962 年版，第 218 页。

较远，来往并不方便。有时，陶渊明准备好了一切，酒樽里盛满了澄清的新酒，后园内排列着初绽的鲜花，等着那些兴趣相近的朋友们的到来，但最终友人却不能前来，这让他心有怅惘。

南村虽然也是田园茅舍，但此地似乎是一个聚居区，周围多有士人居住，陶渊明有了一批可以交流的邻居。我们知道，与亲友的和谐关系是陶渊明能坚持躬耕生活的一大支柱。柴桑既是江州州府的所在地，又是寻阳郡府的所在地，还是诸多军府所在地，这使得此地聚居了大量的官僚。陶渊明在南村的住宅非常小，但周边居住的都是官职、文化程度相近的官僚，对此，陶渊明感到非常欣悦。他在《移居》（其一）中写道：

昔欲居南村，非为卜其宅。

闻多素心人，乐与数晨夕。

怀此颇有年，今日从兹役。

敝庐何必广，取足蔽床席。

邻曲时时来，抗言谈在昔。

奇文共欣赏，疑义相与析。

诗中说，自己早有欲居南村之志，并不是因为相信占卜的结果，而是听闻此地有许多心地纯朴之人，可与他们朝夕相处，经常来往。有这个想法已经有许多年头了，今天终于能够了却这一心愿。简陋的居处何需宽广，能蔽床席就足以满足。邻人时时可以到访，放言高论那往古之事。奇妙的文章共同欣赏，疑难的问题一起剖析。在《移居》第二首中，陶渊明更是描写了与朋友间的美好交往：

> 春秋多佳日，登高赋新诗。
>
> 过门更相呼，有酒斟酌之。
>
> 农务各自归，闲暇辄相思；
>
> 相思则披衣，言笑无厌时。
>
> 此理将不胜，无为忽去兹。
>
> 衣食当须纪，力耕不吾欺。

春秋时节有许多美好的时日，可以登高远眺，赋诵新诗，邻居们走门串户相互招呼，每有好酒便同饮共欢。农忙时节各自劳作，闲暇之际则彼此想念。想到对方就披衣出门，谈笑欢洽，没有厌倦之时。"理胜"是晋朝人常用的习语，意思就是义理高明。此句是说：这种生活蕴含的道理岂不高明？千万不要轻易离弃。衣食之事终当亲自料理，躬耕的生活绝不会将我欺骗。

陶渊明后期写的赠别诗，有很多都是与南村的邻居分别时所写。迁居南村的第二年，陶渊明在南村的邻居殷晋安出任太尉刘裕的参军①，移家东下，陶渊明写诗与他告别：

> 游好非少长，一遇尽殷勤。
>
> 信宿酬清话，益复知为亲。
>
> 去岁家南里，薄作少时邻。
>
> 负杖肆游从，淹留忘宵晨。
>
> 语默自殊势，亦知当乖分。
>
> 未谓事已及，兴言在兹春。
>
> 飘飘西来风，悠悠东去云。
>
> 山川千里外，言笑难为因。
>
> 良才不隐世，江湖多贱贫。
>
> 脱有经过便，念来存故人。

诗中说，我们相交并不长久，但一见面便情意恳切。连宿两夜

---

① 诗题作《与殷晋安别》，序文云："殷先作晋安南府长史掾，因居浔阳，后作太尉参军，移家东下。作此以赠。"题与序文颇不可解。邓安生先生说，殷晋安应该是殷隐，当时他是一身三任，既是南中郎将府的长史，兼任南中郎将府的曹掾，又领晋安太守。祝总斌先生指出三点可疑：第一，晋安郡在现今福建泉州一带，离浔阳甚远，任晋安太守而家居浔阳，甚不可解。第二，晋安太守转任"长史掾"，是为贬谪，但序、诗中毫无反映。第三，"长史掾"是军府官，如南府之府指都督江州诸军之军府，决无安排在"晋安郡"下之理，更不可能由远在千里之外的郡太守来兼任。据此，祝先生认为，此序乃后人入宋后追写，"晋"当指晋朝，以区别于宋。安南府当指安南将军府，有可能是镇南将军府之误；镇南将军时为何无忌。

畅谈不尽，更加知道彼此相亲。去年我迁居到南里，短时内又成了近邻。拿着手杖相随游玩，随兴所至，忘了是夜晚还是清晨。做官、归隐情势本来不同，也知道分离的日子必然来临。没想到这一天已经来临，分手就在今春。飘飘拂面是西来的风，悠悠而去是东去的云。从此，相隔千里之遥，再难有见面谈笑的缘分。优秀的人才的确不该隐遁，江湖隐者多半生活贫贱。如果有便人经过，请勿忘记存问故人。

五、与颜延之等人的交往

由于隐居不应征召，陶渊明在社会上的影响越来越大，他成为江州地区的知名人士，外地来的诗人、官僚都愿意与他结交。义熙十二年（416），颜延之来寻阳后与陶渊明结识，尽管颜延之比陶渊明小了 19 岁，但并不妨碍两人之间建立起友谊，在很短的时间内，晋宋时期两位著名的文学家成为了莫逆之交。

颜延之属于南渡贵族，但不算是一流高门。本人好饮酒，不护细行，与陶渊明情趣相投。他本来担任吴国内史刘柳的行参军，这一年，刘柳出任江州刺史，延之担任刘柳的后军功曹，来到了寻阳，和陶渊明成为邻居。尽管两人的创作风格完全不同，但他们的出身相似，阶层地位较为接近，兴趣爱好相同。那一年，颜延之在文章上还并不十分出名，但陶渊明已经有一定的社会声誉。因此，颜延之对陶渊明非常尊敬。他在渊明逝世后作《陶征士诔》回忆当时的交往情形：

自尔介居，及我多暇。伊好之洽，接阎邻舍，宵盘昼
憩，非舟非驾。念昔宴私，举觞相诲："独正者危，至方
则阂。哲人卷舒，布在前载。取鉴不远，吾规子佩。"尔
实慨然，中言而发，"违众速尤，迕风先蹶。身才非实，
荣声有歇。"睿音永矣，谁箴余阙？

你隐居以后，我又多有闲暇，我们便建立了融洽的关系。我们
住处相邻，无论早晚都一起盘桓憩息，互相拜访既不用舟船，更无
须车驾。回想当初一起饮酒，你举杯教诲："独立守正的人必然身
危，方正者则与世隔阂，而圣哲之人的出任与归隐，都已留在前人
的记载之中，他们的经验教训都近在眼前，我的规劝希望你能牢记
在心。"当时你脸色严肃，说的全是肺腑之言："违背众人会招致怨
恨，逆风的东西最先折断。生命与才干并不会永远拥有，浮华的名
誉终有停歇的时候。"睿智的言论再也无法听到，还能有谁对我的
缺点进行规劝？哎呀，着实令人悲哀！

　　陶渊明与朋友的关系十分融洽，绝大部分赠答诗充满了留恋、
思念、祝福等情感，但他毕竟是一个性格刚正的人，不是一个乡
愿，有时对他不赞成的行为也会微露讥刺之意。义熙十二年（416）
八月，左将军檀韶为江州刺史，请周续之出山，与祖企、谢景夷三
人共在城北讲礼校书。周续之原是范宁的学生，修习儒学多年，通
五经和谶纬之学，后来皈依佛教，和刘遗民、陶渊明同为"寻阳三
隐"。祖企、谢景夷则都是州学士。他们讲礼校书所住的公廨近于

马队。陶渊明专门作了一首《示周续之祖企谢景夷三郎》，其云：

> 负疴颓檐下，终日无一欣。
>
> 药石有时闲，念我意中人。
>
> 相去不寻常，道路邈何因？
>
> 周生述孔业，祖谢响然臻。
>
> 道丧向千载，今朝复斯闻。
>
> 马队非讲肆，校书亦已勤。
>
> 老夫有所爱，思与尔为邻。
>
> 愿言诲诸子，从我颍水滨。

在破败的屋子里抱病而居，整日没有一件值得开心的事。病情稍愈，就会思念我的朋友们。我们相距的路程不算遥远，为什么会觉得邈远难以相见？周生传述孔子的学说，祖、谢二郎亦应声而至。儒家至道已丧失了千年之久，今日才又可得闻。马队附近并不适合讲学，你们校书也太辛苦。孔子之说也是我的所爱，盼着能与你们成为邻居。但我更希望你们能跟随我，像许由一样在颍水边隐居。看得出来，陶渊明对周、祖、谢的行为并不十分赞成，但他的口吻却十分委婉，语气也非常真挚。

即便陶渊明深知待友之道，但他的交游也并不全然是开心快活的。他曾在《拟古》（其一）中叹息过友情无法持久，其云：

荣荣窗下兰，密密堂前柳。

初与君别时，不谓行当久。

出门万里客，中道逢嘉友。

未言心相醉，不在接杯酒。

兰枯柳亦衰，遂令此言负。

多谢诸少年，相知不中厚。

意气倾人命，离隔复何有。

　　此诗寓意颇为隐晦，似乎有诸多感慨。不过，由于此诗属于"拟古"，而《古诗十九首》中有"昔我同门友，高举振六翮。不念携手好，弃我如遗迹"[1]的抱怨，阮籍《咏怀诗》（其六十九）也有"人知结交易，交友诚独难"[2]的感叹，因此，叹息交道衰薄是古诗传统。我们不知此诗是单纯拟古，还是有感而发。

---

[1]　（南朝梁）萧统编：《文选》，中华书局1977年版，第410页。

[2]　陈伯君校注：《阮籍集校注》，中华书局1987年版，第381页。

第六章

知命之年的感悟

义熙十年（414），陶渊明五十岁了。对于古人来说，五十岁确实是一个节点，到了这个节点，就能时时感受到死亡的催迫，需要对生死问题有更多的思考。五十一岁的他为儿子们写了类似遗嘱的《与子俨等疏》。

一、五十而知天命

义熙十年（414），陶渊明五十岁了。就在前一年，江州官府征其为著作郎，他拒绝了。这一年的正月五日，他与几位邻居，来到斜川游玩，并写作了《游斜川》。在这首诗的序言中说：

　　辛丑正月五日，天气澄和，风物闲美。与二三邻曲，同游斜川。临长流，望曾城，鲂鲤跃鳞于将夕，水鸥乘和以翻飞。彼南阜者，名实旧矣，不复乃为嗟叹。若夫曾城，傍无依接，独秀中皋，遥想灵山，有爱嘉名。欣对不足，率尔赋诗。悲日月之遂往，悼吾年之不留。各疏年纪乡里，以记其时日。

诗云：

开岁倏五十，吾生行归休。

念之动中怀，及辰为兹游。

气和天惟澄，班坐依远流。

弱湍驰文鲂，闲谷矫鸣鸥。

迥泽散游目，缅然睇曾丘。

虽微九重秀，顾瞻无匹俦。

提壶接宾侣，引满更献酬。

未知从今去，当复如此不？

中觞纵遥情，忘彼千载忧。

且极今朝乐，明日非所求。

按照序言中的说法，在这次游玩时，大家"各疏年纪乡里"，因此，在诗中提及"开岁倏五十"是很正常的。但问题是，辛丑年陶渊明才三十七岁。有版本记作"辛酉"，辛酉年陶渊明是五十七岁，似乎也与"开岁倏五十"的说法不合。在有些版本中，"开岁倏五十"作"开岁倏五日"，回避了陶渊明的年纪。尽管这首诗的写作时间有很多争议，不见得是陶渊明五十岁时所作，但我相信，陶渊明在五十岁到来的时候一定会有类似的感慨。

这些年来，陶渊明经历了许多亲朋好友与重要人物的死亡。义熙六年（410），也就是陶渊明四十六岁那年，他的朋友刘遗民去世，义熙七年（411），和他一块耕种的从弟敬远亡故。在此前后，他"恩爱若同生"的另一位堂弟仲德也逝世了。义熙八年（412），和刘裕一起起兵的风云人物刘毅被逼自杀。因为与刘毅有牵连，谢氏家族的谢混也被杀了。另一位和刘裕一起起兵的诸葛长民造反不成，次年刘裕命暗中埋伏的壮士丁旿在两人相见时忽然跳出，在席间把诸葛长民勒死了。这一切，都促使陶渊明对于生死有了更多的思考，他开始在诗歌中频频谈论死亡。在《杂诗》（其六）中他说：

> 昔闻长老言，掩耳每不喜。
>
> 奈何五十年，忽已亲此事。
>
> 求我盛年欢，一毫无复意。
>
> 去去转欲远，此生岂再值。
>
> 倾家持作乐，竟此岁月驶。
>
> 有子不留金，何用身后置！

在《杂诗》（其七）中又说：

> 日月不肯迟，四时相催迫。
>
> 寒风拂枯条，落叶掩长陌。
>
> 弱质与运颓，玄鬓早已白。
>
> 素标插人头，前途渐就窄。
>
> 家为逆旅舍，我如当去客。
>
> 去去欲何之？南山有旧宅。

　　岁月不肯驻留，季节的转换更让人感到时光的逼迫。寒风拂过枯萎的枝条，落叶掩盖了田间长路。体质随着时间的流逝越发衰颓，黑色的鬓发早已变白。白发就是头上鲜明的标记，前途已越来越窄。家就如同人生的旅店，我是将要离去的过客。离开了会去什么地方？南山上有陶家的墓宅。

　　可见对于古人来说，五十岁确实是一个节点，到了这个节点，就能时时感受到死亡的催迫，需要对生死问题有更多的思考。

二、陶渊明与佛教的关系

　　陶渊明对生死问题进行深入的哲学性思考的代表作当数《形影神》这一组诗。据逯钦立先生说，这组诗应该与慧远写作的《形尽神不灭论》有关，是对当时佛教生死观的回应。所以，我们需要对陶渊明与慧远及庐山教团的关系有一个基本的了解。

　　陶氏家族与佛教很早就有因缘。《高僧传·慧远传》记有陶侃的一件轶事。侃镇广州时，曾获一尊阿育王像，送回武昌寒溪寺。陶侃后来移镇长沙，因为此像有威灵，派使者迎接此像到自己的驻地。由数十人搬举至水上，等到上船后，船竟然覆没了。使者感到害怕，径直回返，最终也没有请动这尊阿育王像。由于陶侃是武将出身，宗教信仰相对淡薄，因此荆楚之间有歌谣唱道："陶惟剑雄，像以神标。云翔泥宿，邈何遥遥。可以诚致，难以力招。"①

　　到了陶侃的下一代陶范，和佛教的关系才大有改善。陈舜俞

───────────

① （南朝梁）释慧皎撰，汤用彤校注：《高僧传》，中华书局1992年版，第214页。

《庐山记》引欧阳询《西林道场碑》说："晋光禄乡寻阳□范，缔建伽蓝，命曰西林。是岁晋太和二年（367）也。"据《晋书·陶侃传》记载，陶范在太元初曾任光禄勋之职。但他在任光禄勋之前就已经先建了庐山西林寺。据《高僧传》卷六《义解三·晋庐山释慧远》记载，慧永法师早于慧远来到寻阳，本来是要继续前往五岭地区的，就是因为陶范苦苦邀留，于是停止于庐山之西林寺，这以后西林寺的佛教门徒渐渐兴盛。也就是说，陶范不但创建了西林寺，还延揽高僧入寺。西林寺之建，正是庐山佛教兴盛的滥觞，说陶范是庐山佛教的开创者与重要的赞助者，并不为过。

等高僧慧远来到庐山后，佛教在寻阳地区的影响达到了高峰。据说慧远对陶渊明非常青睐，他在驻锡庐山的三十余年中，"影不出山，迹不入俗"，每次送客人走的时候，通常都送到虎溪为止。如果送客人送过虎溪的时候，就会有老虎吼叫。有一次，慧远送别陆修静和陶渊明时，谈话十分投机，见解颇多一致，不知不觉就走过了虎溪，等发觉过溪以后，不禁相对而视大笑起来。后世所传"三笑图"记录的就是这个瞬间。

当然，这只是民间传说，并不可信。实际上，陶渊明的思想和行为与佛教多有龃龉不合之处。一是因为陶渊明嗜酒，而佛教五戒之一就是不饮酒。二是佛教要求彻底断绝尘缘，抛开一切亲情，这是陶渊明完全无法接受的。三是陶渊明持断灭见，与远公大师的"形尽神不灭"的观点截然不同。他在《拟挽歌辞》中曾经写道"死去何所道，托体同山阿"，人死了和山川大地融为一体，也就和草木土瓦一样，没有灵性了。所以，陶渊明终身都没有皈信佛教。不过，佛教对陶渊明多多少少有些影响。比如说《归去来》是当时通行的佛曲，陶渊明的《归去来兮辞》可能就是采用了这一佛曲的名称。

把形与神对举，来解释生命，这是战国以来的传统观念。到了魏晋时期，由于习惯于"内外有无"这样的两分思辨，形神之说得到了更加广泛的应用。尤其在玄学中，多以形神之说为口实，用以辩理遣辞，但将其视作一种教派的思想理念，专门写文章详细论述的当数慧远的《形尽神不灭论》。从此文的题目就可以看出，慧远是主张死后神灵不灭的。他用薪火为喻，推演出佛教的报应之说。后来赞成与反对佛教报应说的人士，都会针对形神之说发表意见。义熙九年（413），慧远立佛影，写作了一篇《万佛影铭》，铭文的第一段说：

廓矣大象，理玄无名，体神入化，落影离形。①

在这篇铭文中，不只是为佛教义理而论神形，因为是为佛影题铭，所以铭文中兼及形影神。据慧远说：铭石那一天，无论是教徒还是俗士，都感到欣喜感动，来宾挥笔作文，一起共咏。他还邀请了谢灵运撰作铭文，谢灵运为此写作了《佛影铭》。此事闻于远近，影响很大。逯钦立先生认为，陶渊明大概听闻此事，才写下了《形影神》这组诗。写作此诗时，陶渊明应是五十岁左右。

---

① （唐）释道宣编：《广弘明集》，载《四部丛刊初编》中第 477—488 册，上海涵芬楼藏明刊本影印本。

三、《形影神》中的自然主义生死观

　　《形影神》这组诗的影响主要并不体现于中国文学史上，而是表现在中国思想史上。容肇祖先生将陶渊明的思想概括为两点，第一是自然主义，第二是乐天主义。实际上，在这两者中间，崇尚自然是陶渊明最核心的思想，他的其他思想、生活态度以及诗文创作都是在崇尚自然这一基础之上形成的。所谓"自然"，第一是指与人类社会相对的自然界，以及在自然界中存在的不以人类意志为转移的自然规律；第二是指天然的、本来如此的、未经人为加工的状态；第三则是指出自本人意愿的、不勉强的自由行为。

　　崇尚自然的精神渊源于老子，他说："人法地，地法天，天法道，道法自然。"在老子看来，"道"是世界万物的本源与规律，而"道"的本性与特征就是"自然"。因此，是不是出于自然、是不是合乎自然就成了道家判断、评价一切事物的标准。就政治手段而言，老子主张"无为"，因为一旦有为，就是一种人为干预的状态，就不是天然状态了。就社会制度而言，老子推崇小国寡民的原始社会。因为在这种状态下，没有人为设置的种种制度、法规，人们处于一种原始的朴素状态。而从人生态度而言，老子推崇没有机巧智谋的赤子之心；在庄子那儿，将这种人生态度发展为一种出于本人意愿的、符合自我本性的、不受外物拘牵的自由生活，如果执着于对名誉、权力、财富的追求，就都丧失了自我的本性。

老庄的思想在魏晋时得到了继承和发展。魏晋时玄学盛行，而名教和自然的关系是玄学讨论的一个重点。名教也就是礼教，所谓礼教，即是通过一系列的礼仪规定来传达一定的伦理道德观念，从而达到教化的目的。所以，名教和自然的关系，实际上也就是礼仪习俗、伦理道德与自主、自然、自由的生活的关系。当时有两种比较有代表性的看法。王弼主张名教出于自然，也就是现行的政治制度、礼仪习俗、伦理道德已然存在，它们的出现同样是"自然"的表现，现在也成为"自然"的一部分，我们要去顺应它，而不要试图改变它。作为统治者只须处无为之事，行不言之教即可。而以阮籍、嵇康为代表的正始名士主要是从人生实践着眼，以自然来对抗名教，在他们看来，那些礼仪习俗、伦理道德都是后起的、人为的，是对人的天然本性的扭曲与束缚，所以是不"自然"的，无须也不应遵守。因此，在他们的生活中，有很多不拘习俗、不守规范的行为。这两种观点都是建立在一个前提上，那就是无论就社会政治还是人生实践而言，"自然"都是一种最高的境界。一项制度、一种行为是否合理、得当，评价的标准就是"自然"与否。

魏晋玄学是那个时代的流行思潮，无疑对当时的知识分子影响很大。陶渊明的外祖父也是一位自然主义者。据《世说新语·识鉴》刘孝标注引《孟嘉别传》记载，有一次桓温问他，听艺人表演，为什么弦乐不如管乐，管乐不如口唱？他回答说：那是更接近自然的缘故。这个回答被普遍认为是名言。所以，陶渊明崇尚自然的思想既有时代的影响，也有家庭的影响。陶渊明的思想观念、人生态度与文学创作，都是在这一基本的、核心的思想下产生的。

　　面对着人生必有死这一自然规律，每个人有不同的解决方法，由此形成了不同的人生哲学。儒家认为肉体的死亡不可避免，但可以通过立德（成为道德高尚之人）、立言（著书立说）、立功（建立功业）来让后人铭记你，这样，你就从精神上获得了不朽。但无论立德、立言与立功，都需要借助名声才能在后人中流传，因此，在这种生命观中，名誉是最重要的："人生非金石，岂能长寿考？奄忽随物化，荣名以为宝。"（《古诗十九首》）而神仙家则认为可以通过服食养生以及其他的修炼手段做到长生不老，甚至肉体成仙。当时有这种想法的人很多，所以社会上服药求仙的现象很普遍。但很多人从自己的人生经验中感到儒家与神仙家的解决方法都不太可信。《古诗十九首》说："人生忽如寄，寿无金石固。万岁更相送，圣贤莫能度。服食求神仙，多为药所误。"唯一的方法就是及时行乐："生年不满百，常怀千岁忧。昼短苦夜长，何不秉烛游！为乐当及时，何能待来兹？"①死亡不可避免，也无法超越，我们所能做

---

① （南朝梁）萧统编：《文选》，中华书局1977年版，第411—412页。

的就是把握活着的岁月，尽可能在有生之年享受快乐。

　　道家，尤其是庄子则把人视为自然界的一个组成部分，作为有感觉、有思想的生命只不过是整个自然变化过程中一个很短暂的阶段。在你出生之前，你是自然之"气"的一部分，死亡，只不过是重新回到自然之"气"的状态。庄子的妻子死了，庄子一边敲着瓦盆一边唱歌，前去吊唁的惠施感到不可思议，指责说："尊夫人和你生活了这么多年，为你养育子女，操持家务，现在她不幸去世，你不哭泣也就罢了，竟然还要敲着瓦盆唱歌！你不觉得这样做太过分吗？"庄子回答说："其实，当妻子刚刚去世的时候，我何尝不难过得流泪！只是细细想来，妻子最初是没有生命的；不仅没有生命，而且也没有形体；不仅没有形体，而且也没有气息。在若有若无、恍恍惚惚之间，那最原始的东西经过变化而产生气息，又经过变化而产生形体，又经过变化而产生生命。如今又变化为死，即没有生命。这种变化，就像春夏秋冬那样运行不止。现在她静静地安息在天地之间，而我却还要哭哭啼啼，这不是太不通达了吗？所以止住了哭泣。"

　　陶渊明在《形影神》这组诗中，较为系统地对生死问题表达了自己的看法。在这首诗的序言中，陶渊明就明确地说，此诗是针对大众惜生而写的。天下众人，无论是贵是贱，是贤是愚，无不汲汲营营，惜爱生命，这是非常糊涂的。他借形、影、神三者来表达不同的人生态度。"形"代表了人的身体，也就是肉体生命，"影"代表人的名誉，"神"代表精神生命。陈寅恪先生以名教与自然的关系为核心梳理了东汉晚期以来中国思想史的发展过程，认为在魏末，要人名士中存在着三种思想倾向。第一派主自然，以嵇康为代表，陈先生称其为旧自然说，他们追求的是服食求长生；第二派主名教，以何曾为代表，主张孜孜为善，立名不朽；第三派主名教与自然同，以山涛、王戎为代表。在此基础上，陈先生对《形影神》这组诗有新的解读。在第一首也就是《形赠影》中，陶渊明写道：

> 天地长不没，山川无改时。
>
> 草木得常理，霜露荣悴之。
>
> 谓人最灵智，独复不如兹！
>
> 适见在世中，奄去靡归期。
>
> 奚觉无一人，亲识岂相思？
>
> 但余平生物，举目情凄洏。
>
> 我无腾化术，必尔不复疑。
>
> 愿君取吾言，得酒莫苟辞。

形向影诉苦，说天地山川永在。草木虽有凋枯的时候，还能复苏而繁荣，人却不是如此，一旦死亡就再也不能复生了。人无腾化成仙之术，所以，应趁有限之年及时行乐。如果有酒喝，那就不要推辞。这代表了一种及时行乐的态度。陈先生说，"形"代表的是"旧自然说"的人生观。第二首《影答形》则说：

存生不可言，卫生每苦拙。

诚愿游昆华，邈然兹道绝。

与子相遇来，未尝异悲悦。

憩荫若暂乖，止日终不别。

此同既难常，黯尔俱时灭。

身没名亦尽，念之五情热。

立善有遗爱，胡为不自竭。

酒云能消忧，方此讵不劣！

　　名誉和形体的关系就像是形和影的关系。"影"对"形"说，长生不老本来就不可靠，养生之术也总是心劳力竭。真希望登上昆仑、攀上华山学成成仙，却无奈、路途遥远不可通。自从我这影子与你形体相遇，从来没有过不同的悲哀与欢悦。休憩在树荫下，像是暂时分手，回到阳光下，我们终究没有分开。同时共处本来难以长久，在黑暗中我们将同时消灭。名誉是建立在物质生命的基础之上的，一旦肉体生命不存在了，作为依附的名誉也就消失了，准确地说是没有意义了。想到这些，让人感情激荡。善良的行为留下久远的纪念，焉能不竭尽全力！说是饮酒能够消忧，但比起做善事，岂不拙劣？陈先生说，"影"的观点反映的是名教派的主张，此诗是假托名教派批评"旧自然说"。

　　第三首名《神释》，"神"对形、影之苦均作了排解、宽释。

大钧无私力，万理自森著。

人为三才中，岂不以我故。

与君虽异物，生而相依附。

结托善恶同，安得不相语！

三皇大圣人，今复在何处？

彭祖爱永年，欲留不得住。

老少同一死，贤愚无复数。

日醉或能忘，将非促龄具？

立善常所欣，谁当为汝誉？

甚念伤吾生，正宜委运去。

纵浪大化中，不喜亦不惧。

应尽便须尽，无复独多虑。

　　天地陶冶无所偏向，万物自在，同存共处。人能够成为三才之一，岂不是有"精神"存在的缘故？虽然我与你们形影不是一回事，但与生俱来便互相依附。互相托付，善则同善，恶亦同恶，怎么可能互不相语？三皇都是大圣人，做了多少善事，但他们现在在哪里？还有谁提起他们？彭祖是神仙家一直称道的长寿人物，一直在追求长生，虽然活得很长久，可想永远留在人世却一样做不到。你想建立名誉，但是一般人谁会来称道你呢？喝醉了固然能够短暂地忘掉生死的烦恼，但酗酒却会加速死亡。我们唯一能做的就是将自己委付给自然，随顺自然的变化："不因长生而欣喜，也不因短命而恐惧。等待上天安排人生到尽头，此外，就不要过多忧虑了吧！"

陈寅恪先生说："神"代表了陶渊明自己的观点。这首诗中既批评了"旧自然说"，同时也批评名教派，指出他们的主张互相冲突，不能合一，并提出了一种全新的人生观。这种人生观的特点：第一是主张"应尽便须尽，无复独多虑"，表明陶渊明是主张神灭论的，与天师道主张相同，说明陶渊明是不受佛教影响的传统天师道信徒。第二，"纵浪大化中，不喜亦不惧"，主张委运任化，而"运""化"即自然，随顺自然，与自然混同，表明自己也是自然的一部分。陈先生说这是陶渊明"孤明先发"（独特的、早于众人的）的"新自然说"。"新自然说"与此前嵇康、刘伶他们的"旧自然说"不同，不需要与名教直接对抗①。

实际上，陈寅恪先生所说的"天师道"与我们传统上理解的"天师道"似有很大的不同。据我看，天师道教徒才是特别热衷于服食、求神仙的，他们是专业的炼丹、炼药与服食者；而陶渊明信仰天师道完全没有证据。

我以为，这组诗反映了陶渊明思想中的矛盾，陶渊明对儒家、神仙家追求永生的方法都不以为然。饮酒以图快乐、求名以获后誉，这也是陶渊明曾经想做的，但是，在崇尚自然这一基本思想的指导下，他最终的选择是尊重自然的规律、顺应自然。这种尊重规

---

① 见陈寅恪《陶渊明之思想与清谈之关系》，载《金明馆丛稿初编》，生活·读书·新知三联书店 2001 年版，第 201—229 页。

律和顺应自然的思想使他在面对死亡时表现得非常超脱与旷达。他在《拟挽歌辞》第一首中说："有生必有死，早终非命促。"死亡乃是不可避免的自然规律，圣人贤达也无可奈何，所以，他达观地表示一切不足挂怀，安详地让自己和山川万物结为一体，在和自然的完全交融中求得永恒。

自然主义的态度承认有一种超越人力之上的、不以人们意志为转移的自然力量，而命运也是自然力量的一部分。在陶渊明的诗歌中，常常提到天道、天运、天命等词，它们既指的是不可改变的自然规律，也指不可抗拒的命运。既然人力无法改变它，无法抗拒它，我们能做的只有理解它、顺应它，这就是"顺化"，也就是顺应自然和命运的运转变化。对于死亡是如此，对于生活中的一切不幸、忧患、苦难、灾祸均是如此。由此，就形成了一种达观的人生态度。上文我们已经分析过了，陶渊明的这些思想是有承袭的，可以追溯到庄子，而与魏晋时期的伪作《列子》尤其相似，因此，谈不上是"孤明先发"。不过，陶渊明的自然主义思想不是依靠抽象思辨得来的，而是从生活实践中获得的体悟，因此，它更深厚也更持久。这种达观的人生态度使得陶渊明在遭遇苦难时，不怨天尤人，不愤世嫉俗，不猖急，不狂躁，始终保持超脱、温和的心态。这种达观、超脱、温和的心态能够使陶渊明坚守田园，并对他诗文的风格也有着非常重大的影响。

四、留给儿子的遗嘱

义熙十一年（415），在陶渊明五十一岁时，生了一场大病，他担心自己不久于人世，便给他的儿子们写了一封信，这就是《与子俨等疏》。这封信类似一篇遗嘱，文中说：

天地赋命，生必有死，自古圣贤，谁独能免。子夏有言曰："死生有命，富贵在天。"四友之人，亲受音旨，发斯谈者，将非穷达不可妄求，寿夭永无外请故耶？

吾年过五十，少而穷苦，每以家弊，东西游走。性刚才拙，与物多忤，自量为己，必贻俗患，僶俛辞世，使汝等幼而饥寒。

余尝感孺仲贤妻之言，败絮自拥，何惭儿子。此既一事矣。但恨邻靡二仲，室无莱妇，抱兹苦心，良独内愧。少学琴书，偶爱闲静，开卷有得，便欣然忘食。见树木交荫，时鸟变声，亦复欢然有喜。常言：五六月中，北窗下

卧，遇凉风暂至，自谓是羲皇上人。意浅识罕，谓斯言可
保；日月遂往，机巧好疏。缅求在昔，眇然如何。

疾患以来，渐就衰损，亲旧不遗，每以药石见救，自
恐大分将有限也。汝辈稚小家贫，每役柴水之劳，何时可
免？念之在心，若何可言。然汝等虽不同生，当思四海皆
兄弟之义。

鲍叔、管仲，分财无猜；归生、伍举，班荆道旧。遂
能以败为成，因丧立功。他人尚尔，况同父之人哉。颍川
韩元长，汉末名士，身处卿佐，八十而终，兄弟同居，至
于没齿。济北氾稚春，晋时操行人也，七世同财，家人无
怨色。《诗》曰："高山仰止，景行行止。"虽不能尔，至
心尚之。汝其慎哉，吾复何言。

天地赋予人类以生命，有生必定有死。自古至今，即便是圣
贤之人，谁又能逃脱死亡呢？子夏曾经说过："死生有命，富贵在
天。"据《孔丛子·论书》，所谓"四友"指的是孔子的四个学生：
颜渊、子贡、子张、子路。他们亲身受到孔子的教诲，之所以这样
说，就是因为他们了解人的穷困和显达不可妄求，长寿与短命永不
可能通过请托而得。

陶渊明谈及自己的一生。年轻时性格刚直，容易得罪人，为了避
祸，他辞去了官职，因此让孩子们自小受苦。陶渊明对此就像东汉的
王霸一样感到内疚。王霸看到朋友的儿子容服光彩，而自己的儿子蓬

发疏齿，不知礼节，感到很惭愧。他妻子说："你既已立志不仕，躬耕自养，那儿子蓬发疏齿是当然的；你如何忘了自己的志向而为儿子而惭愧呢？"想到王霸妻子的劝告，陶渊明也"败絮自拥，何惭儿子"！

然后他描述他归田以后所体会到的种种乐趣：年少时弹琴读书，喜爱清静，在书卷里驰骋，心中大有收获，便高兴得忘了吃饭。树木枝叶交错成荫，听不同的鸟鸣叫，欣喜不已。人们常说：五六月中在北窗下躺着，阵阵清风吹过，真是过上了神仙般的生活。因此，已经充分享受过生活乐趣的他可以无憾了。想起过往种种，陶渊明心生伤感之情，很可惜，好景不常在，这样的日子可能再也回不去了。

自从患病以来，身体逐渐衰老，亲戚朋友们不嫌弃他，常常拿来药物给他医治，他担心自己的寿命将不会很长了。但有一件事情让陶渊明放心不下。他说你们这几个孩子虽然不是一母所生，但应当理解普天下都是兄弟的道理。鲍叔和管仲分钱财时，互不猜忌。归生和伍举是战国时的一对好友。伍举因罪逃往晋国，路上与出使晋国的归生相遇。两人便铺上荆草，席地而坐，叙说昔日的情谊。归生回到楚国后劝说执政大臣召回了伍举。他们并非亲兄弟尚且能够这样，何况你们是同一父亲的儿子呢！颍川的韩融，字元长，是汉末的一位名士，居卿佐之职，八十岁以后兄弟还在一起生活，直到去世。济北的氾毓，字稚春，是晋代一位品行高尚的人，他们家七代没有分家，共同拥有财产，家人没有怨色。虽然这样的境界大家可能做不到，但却是我心中所向往的。

可见，在知命之年到来的时候，陶渊明对死亡做好了心理准备。

第七章

平等安宁的世外桃源

在漫长的农闲时节如何打发时间？除了读书、写作、饮酒、带娃之外，还有一种消遣方式，那就是讲故事、听故事、记录故事，《搜神后记》似为陶渊明所作。

一、陶渊明与《搜神后记》

在漫长的农闲时节如何打发时间？除了读书、写作、饮酒、带娃之外，还有一种消遣方式，那就是讲故事、听故事、记录故事。从梁朝开始，就不断有人提到陶潜或元亮所作的一本小说集，书名有时记作《搜神录》、有时记作《搜神记》；而在《隋书·经籍志》中，则记作《搜神后记》，这应该是较为正规的名称。在唐宋类书中，又经常称为《续搜神记》。陶渊明写作《搜神后记》是有可能的。首先，陶渊明喜欢看异书以及神奇志怪，比如《穆天子传》《山海经》等，并且在诗歌中表达过对神异志怪的兴趣。其次，陶渊明妻子的娘家翟氏与《搜神记》的作者干宝是世交，因此陶渊明有可能通过翟家读过《搜神记》，并为此书作补充。

不过，很多学者怀疑现在的《搜神后记》不是陶潜所作，而是后人托名。怀疑的第一个理由是这本书中出现了许多元嘉四年也就是陶渊明死后的故事，这显然不是陶渊明所能记录的。但这个怀疑是可以解释的。《搜神后记》的原书应该在宋朝失传了，我们现在能看到的当是后人的辑佚本。六朝时期，书名类似的小说不少，古人引书又比较随便，辑佚者将很多其他志怪小说的内容也辑入到陶渊明的《搜神后记》中来了。这种情况在古人著作中很常见，即便是本人写完之后，也会有好事者不断加以增补、改写，所以往往会出现与作者时代不合的情况。所以，这一疑点不足以证明《搜神后记》的主体部分不是陶渊明所作。

第二，根据《宋书》陶渊明传记中的说法，陶渊明在入宋之后是不用年号的，但今本《搜神后记》却用了许多刘宋朝的年号。不过，这也可以认为是《宋书》本传的说法并不严谨。

第三，王国良先生将《搜神后记》的内容分为五大类，第一类是古来迷信，如占卜、梦灾异、瑞应等；第二类是道教故事，如神术、符箓、尸解、仙道变化等；第三类是佛教故事，比如因果、报应、灵验等；第四类是佛道杂糅的古迷信，比如定命、托梦、离魂、复活、神鬼、妖怪、冥婚、符咒等；第五类是其他。① 王国良的这个内容分类并不令人满意，但大致上可以看出《搜神后记》的特点。这些内容在陶渊明的诗文中可以说全无影子，其中表现的思想态度与诗文中的思想态度可以说格格不入。从诗歌散文来看，陶渊明是一个彻底的自然主义者，"死去何所道，托体同山阿"。他并不认为死后有鬼神存在，也不相信长生成仙之说。"三皇大圣人，今复在何处？彭祖爱永年，欲留不得住。老少同一死，贤愚无复

① 王国良著：《〈搜神后记〉研究》，台湾文史哲出版社 1978 年版，第 28—29 页。

数……应尽使须尽，无复独多虑。"（《形影神》其三）"我无腾化术，必尔不复疑。"（《形影神其一》）"借问采薪者，此人皆焉如？薪者向我言，死没无复余……人生似幻化，终当归空无。"（《归园田居》其四）"运生会归尽，终古谓之然。世间有松乔，于今定何间？"（《连雨独饮》）都能说明陶渊明这一思想特点。不过，即便是自然主义者，也不妨带着一种"姑妄听之"的态度来记录神怪。

第四，有一点确实非常有意思，在后世传闻中，寻阳陶氏家族内部就有很多神异事件，比如说在唐朝人编的《晋书·陶侃传》中有不少神异故事：

> 或云：侃少时渔于雷泽，网得一织梭，以挂于壁。有顷雷雨，自化为龙而去。
>
> 又梦生八翼，飞而上天，见天门九重，已登其八，唯一门不得入。阍（hūn，守门）者以杖击之，因隧地，折其左翼。及寤，左腋犹痛。
>
> 又尝如厕，见一人朱衣介帻，敛板曰："以君长者，故来相报。君后当为公，位至八州都督。"有善相者师圭谓侃曰："君左手中指有竖理，当为公。若彻于上，贵不可言。"侃以针决之见血，洒壁而为"公"字，以纸裛（yì；缠裹，缠绕），"公"字愈明。

而在《晋书·周访传》中则有如下两段轶闻：

　　初，访少时遇善相者庐江陈训，谓访与陶侃曰："二君皆位至方岳，功名略同，但陶得上寿，周当下寿，优劣更由年耳。"访小侃一岁，太兴三年卒，时年六十一。

　　初，陶侃微时，丁艰，将葬，家中忽失牛而不知所在。遇一老父，谓曰："前岗见一牛眠山污中，其地若葬，位极人臣矣。"又指一山云："此亦其次，当世出二千石。"言讫不见，侃寻牛得之，因葬其处，以所指别山与访。访父死，葬焉，果为刺史，著称宁益，自访以下，三世为益州四十一年，如其所言云。①

按说这些故事是志怪小说的好素材，但在《搜神后记》却全无记载。为什么会如此，我们也不得而知。

---

① （唐）房玄龄等撰：《晋书》，第 1779、1582、1586 页，中华书局 1974 年标点本。

二、刘驎之的见闻与《桃花源记》的创作

大家认为《搜神后记》是陶渊明创作的，还有一个理由，就是此书中记录了南阳人刘驎之的一段见闻：

> 南阳刘驎之，字子骥，好游山水。尝采药至衡山，深入忘反。见有一涧水，水南有二石囷，一闭一开。水深广，不得渡。欲还，失道，遇伐薪人，问径，仅得还家。或说囷中皆仙方、灵药及诸杂物。驎之欲更寻索，不复知处矣。

这段见闻引起了陶渊明的强烈兴趣，他据此创作了《桃花源记并诗》，描述了一个与世隔绝的理想社会——桃花源：

> 晋太元中，武陵人捕鱼为业。缘溪行，忘路之远近。忽逢桃花林，夹岸数百步，中无杂树，芳草鲜美，落英缤纷。渔人甚异之，复前行，欲穷其林。

　　林尽水源，便得一山，山有小口，仿佛若有光。便舍船，从口入。初极狭，才通人。复行数十步，豁然开朗。土地平旷，屋舍俨然，有良田、美池、桑竹之属。阡陌交通，鸡犬相闻。其中往来种作，男女衣着，悉如外人。黄发垂髫，并怡然自乐。

　　见渔人，乃大惊，问所从来。具答之。便要还家，设酒杀鸡作食。村中闻有此人，咸来问讯。自云先世避秦时乱，率妻子邑人来此绝境，不复出焉，遂与外人间隔。问今是何世，乃不知有汉，无论魏晋。此人一一为具言所闻，皆叹惋。余人各复延至其家，皆出酒食。停数日，辞去。此中人语云："不足为外人道也。"

　　既出，得其船，便扶向路，处处志之。及郡下，诣太守，说如此。太守即遣人随其往，寻向所志，遂迷，不复得路。

　　南阳刘子骥，高尚士也，闻之，欣然规往。未果，寻病终。后遂无问津者。

　　　　　嬴氏乱天纪，贤者避其世。

　　　　　黄绮之商山，伊人亦云逝。

　　　　　往迹浸复湮，来径遂芜废。

　　　　　相命肆农耕，日入从所憩。

　　　　　桑竹垂余荫，菽稷随时艺。

　　　　　春蚕收长丝，秋熟靡王税。

荒路暧交通，鸡犬互鸣吠。

俎豆犹古法，衣裳无新制。

童孺纵行歌，斑白欢游诣。

草荣识节和，木衰知风厉；

虽无纪历志，四时自成岁。

怡然有余乐，于何劳智慧！

奇踪隐五百，一朝敞神界。

淳薄既异源，旋复还幽蔽。

借问游方士，焉测尘嚣外！

愿言蹑轻风，高举寻吾契。

    在陶渊明之前，中国有很多有关乐土、理想国的想象，这些想象在很多地方是类似的。就地理位置而言，它们都是远隔的、封闭的空间，与现实世界有一个明显的、难以逾越的界限与阻隔。就时间系统而言，它们有着异于俗世的时间尺度和循环重复的时间。就自然环境而言，乐土中有着温和宜人的气候和环境，有着丰裕、富饶、奇特并令人长生不死的动植物产。就人民生活而言，乐土中每个人都不夭不病、长寿长生，而且其中人神杂居，生活着"不食五谷，吸风饮露"的神人、能够飞翔往来的"仙圣之种"和长生不死的"仙家"。这一类乐土展现的是与个体生命密切相关的幻想。

    有关乐土与理想国的想象有的并不是指一个地域，而是指一个时代，先秦道家文献中关于理想世界的描述有一类属于远古之国。

这一类想象侧重于描绘乐土的社会形态，其中的代表就是《老子》所向往的小国寡民社会。那个时候，"邻国相望，鸡犬之声相闻，民至老死不相往来"。在《庄子·肱箧》中也描写了从容成氏到神农氏等一系列原始社会情况。事实上，很多的乐土，都是对人类早年生活的追忆与美化，它有时候指逝去的一段美好时光，有时候是指未有时间之初的太初。据《列子·汤问》说，在这个时候，人人平等，和谐相处，幸福快乐，不竞不争，不骄不忌，不君不臣，不媒不聘，歌声此起彼伏，终日不辍。当然，这些理想国是出于纯粹的梦想，它们的实现根本不具备任何现实条件。

陶渊明描写的这个与世隔绝的社会，与上述完全出自梦想的社会相比，具有较为强烈的现实意义。它并非完全出于虚构和想象，而是具有传闻的依据。篇中所记的人物，历史上确有其人。南阳刘子骥，名骥之，是晋太元年间的名人，好游山泽。关于他，有一个流传很广的仙境故事。据《晋书·隐逸传》载：刘子骥曾去衡山采药，入山深处，见一条涧水，水那边有两个石仓。但涧水既深且宽，不能渡过，想回家，又迷失了道路。幸亏碰上伐木做弓的人，问明了道路才回到家里。后来听说石仓里满是仙丹妙药之类，刘再想去找，怎么也找不到了。这个刘子骥与光禄大夫南阳刘耽是同族，刘耽曾经和陶渊明的外祖孟嘉同在桓温府中工作，陶渊明的叔父陶夔曾向刘耽打听过孟嘉，这说明，南阳刘氏和陶渊明家是世交，所以，陶渊明应该是认识刘子骥的，也知道他曾经有去寻找桃源的打算。

三、《桃花源记》的史实背景

陈寅恪先生认为类似桃花源这样与世隔绝的社会，有纪实的成分，它应该源自当时人们相率入山以避世乱的社会现实。汉晋时期，世事纷乱，争战迭起，人民弃世躲入深山或自筑坞堡以自守的情况很多。东汉末年有个叫田畴的贵族躲入徐无山后，在山中选择了一块深险却平敞的土地加以营建，躬耕以养父母。老百姓听闻以后，纷纷归附他，数年之后，人口增加到五千余家。西晋末年，有个叫苏峻的豪强纠集了数千家在山中建立壁垒。北方地区被少数民族政权控制以后，有些官僚率领乡人去山中避难，如原兖州刺史郗鉴就带领了乡人千余家到鲁国的峄山去避乱。为了自保，这些避难的人都要建立壁垒，当时称之为坞堡，这样的坞堡往往自成一个社会。刘裕曾经命令他的参军戴延之沿着洛川寻溯，想为他的水军找一个停靠的地点。戴延之为此来到过一个叫檀山坞的地方，这个檀山坞就是原先的坞堡，很多人在这里避过难。刘裕的大将檀道济、王镇恶则占据过一处叫皇天源的地方，这个皇天源同样是原先的坞

堡，先前也有很多人在此避难。这个皇天源就在阌乡，阌乡在古代
就称为桃林，唐朝的时候，这里还有个桃源宫呢。戴延之、檀道济
和王镇恶等人亲历其地后，可能会听到当地的一些传说，然后带回
来传到了陶渊明的耳朵里——陶渊明与到过关中的使者如羊松龄等
人是有接触的，所以有机会听到这些来自北方的传闻——然后才创
作出了《桃花源记》。所以，真实的桃花源在北方的弘农或上洛，
而不在南方的武陵；这个"避秦时乱"避的不是秦始皇那个嬴秦，
而是苻坚建立的那个苻秦。①

　　唐长孺先生则认为桃花源的史实背景并不来自北方，这一故事
是本之于南方的一些传说。据这些传说的叙述，有个猎人在追逐野
鹿的过程中，突然发现了一个与世隔绝的异境。这个异境或是"桑
果蔚然，行人翱翔"；或是"城市栉比，闾井繁盛"；或是"邑屋
连接，阡陌周通"；总之，是一个繁荣的人间社会。这样的传说在
晋宋之间流行于荆湘地区，应该是出自蛮族。南方地区的蛮族人为
了逃避官府的徭役赋税，常常结党联群逃到深山，去过一种公社生
活。所以，《桃花源记》所述根据的是武陵地区蛮族的传说，反映
的是蛮族人民的情况。

　　相对来说，唐先生的看法更符合情理一些。荆湘地区确实流
传着很多"偶然发现异境"的故事，但它们不一定只是蛮族的传
说，仅仅反映蛮族的理想，它反映的乃是小农经济社会中农民的

① 陈寅恪：《桃花源记旁证》，载《金明馆丛稿初编》，生活·读书·新知三联
书店 2001 年版，第 188—200 页。

普遍向往。①

《桃花源记》非常具体地描述了这个理想社会,它的自然环境十分美丽宜人:平坦广阔的土地上,有整齐的屋舍,有精耕细作的良田、碧波荡漾的池塘。房前屋后,池边路旁,栽满了绿桑翠竹,道路纵横交错,村落之间不时传来鸡鸣狗吠之声。这里五谷及时种植,春天收获蚕丝,秋天谷物丰登。至此,是描写桃花源的自然环境。而生活在这里的人们,白天相互招呼去劳动,天黑相随各自回家,男女老少都怡然自乐。他们不了解外界的争斗,不知道世事的纷纭,非常舒适、祥和、满足。在这里,没有官府,没有阶级,不需要交纳赋税,因此,也就没有压迫、没有剥削。

从这个理想社会中,我们也可以看到陶渊明崇尚自然的思想。桃花源是一个"荒路暖交通,鸡犬互鸣吠"的世界。这一理想社会形态与老子的社会理想有异曲同工之妙。《老子》上说:"邻国相望,鸡犬之声相闻,民至老死不相往来。"并认为这才是最理想的社会形态。这里的祭礼服饰都还是上古的老式样,没有新的变化,儿童天真活泼地歌唱,老人安闲自得地往来游乐。这里,连人为的历法都没有,仅从草木的枯荣中感知四季的变换:花草盛了便是春天到了,树叶落了便是秋天来了,四季的周而复始自然成为一年。这种淳朴的生活怡然快乐,哪里用得着机巧智慧呢?这个小国寡民、古礼旧制、风俗淳朴的世界显然是一个处于完全"自然"状态的社会。

① 唐长孺:《读〈桃花源记旁证〉质疑》,载《魏晋南北朝史论丛》,河北教育出版社 2000 年版,第 622—635 页。

　　《桃花源记并诗》标志着陶渊明思想发展的一个高度。在他后期亲自参与农业实践，亲身经历了农民的痛苦生活，对封建社会的认识加深之后，便能从社会现实出发，提出了一些具体的原则：富裕、和乐、安宁的生活，人人劳动，没有赋税的剥削，等等。这是诗人田园生活中理想因素的集中概括，代表了小生产者对造成战乱和贫困的封建社会提出的抗议，它反映了广大农民希望用自己的劳动创造和平幸福生活的强烈愿望。从这个意义上来讲，陶渊明成了广大农民的代言人。我们上文说过，原先中国人心目中的乐土与理想国，最大的特征是一处长生不老之地，反映的是个人成仙的幻想，但桃花源这个乐土的最大特点是社会的安宁与和睦，反映的是一种社会理想。在当时，它是一个不可能实现的愿望，但却能启发人们认识现实社会的不足与黑暗，鼓舞人们去反抗不合理的现实。

四、《桃花源记》对后世的影响

《桃花源记并诗》写成之后，其影响是非常大的，很多大作家都写诗吟诵过。尽管陶渊明无一字涉及仙道，但唐朝时，一般都认为桃花源是一处仙境。王维十九岁时写了一首《桃源行》，就是将陶渊明的《桃花源记》用七言诗的形式作了再创作：

渔舟逐水爱山春，两岸桃花夹去津。

坐看红树不知远，行尽青溪不见人。

山口潜行始隈隩，山开旷望旋平陆。

遥看一处攒云树，近入千家散花竹。

樵客初传汉姓名，居人未改秦衣服。

居人共住武陵源，还从物外起田园。

月明松下房栊静，日出云中鸡犬喧。

惊闻俗客争来集，竞引还家问都邑。

平明闾巷扫花开，薄暮渔樵乘水入。

初因避地去人间，及至成仙遂不还。

峡里谁知有人事，世中遥望空云山。

不疑灵境难闻见，尘心未尽思乡县。

出洞无论隔山水，辞家终拟长游衍。

自谓经过旧不迷，安知峰壑今来变！

当时只记入山深，青溪几度到云林。

春来遍是桃花水，不辨仙源何处寻。①

　　王维对桃花源的一个重要改造就是将它从人间社会改变为世外仙境。在桃花源中，人人都是得道成仙者。后来的韩愈也正是从这个角度来批评这一传说，他说："神仙有无何渺茫，桃源之说诚荒唐。"（《桃源图》）直到宋代的王安石与苏轼才注意到桃花源的社会形态。王安石着重提到桃花源"虽有父子无君臣"这一特点，并把它与现实社会的苛暴相对比，指出，当桃花源人安静地过着没有君臣的无政府生活时，桃源外的人却经历了无数类的残酷统治。苏轼则指出，桃源中人只是秦人之子孙，并非秦人不死者，而且"桃源信不远，藜杖可小憩"。他所歌咏的桃花源同样是"躬耕任地力，绝学抱天艺。臂鸡有时鸣，尻驾无可税"②的农耕社会。

　　自从这篇文章产生以后，人们一旦来到人迹罕至、风景优美、生活宁静朴素的地方，就会想到桃花源，人们总想知道"桃花源"

---

① 　陈铁民校注：《王维集校注》，中华书局1997年版，第16—17页。

② 　王文诰辑注：《苏轼诗集》，中华书局1982年版，第2197页。

在现实中的原型究竟是什么地方，由此产生了很多争论，这种争论至今不仅没有平息，相反，由于"桃花源所在地"这一概念具有巨大的经济价值，因此愈演愈烈。

从地名上来说，今天湖南省常德市就有桃源县。常德古称临沅县，隋代改名武陵县，直到1913年才改称常德。从东汉至唐代的数百年间，这里一直是武陵郡的郡治所在地。桃源，古称沅南，历来是武陵郡所辖的属县之一。县西南的沅水河畔，有一处由桃花山、桃源山和桃花湖构成的风景胜地。这里有一条名叫桃花溪的小溪，潺潺溪水源于桃花山，汇于沅水。两岸桃花成林，花开时节，红霞如云，落英缤纷。后人附会说，这就是武陵渔夫前往桃花源时所遇到的小溪和桃花林。陶渊明在《桃花源记》中既已言明"武陵"，而沅水河畔又与陶渊明笔下的景物如此吻合，所以，许多人认为，"桃花源"的创作原型就在这里。唐朝大诗人刘禹锡被贬谪到常德以后，经常来桃源游玩，他的《桃源行诗》就是以常德桃源为写作背景的：

渔舟何招招，浮在武陵水。

拖纶掷饵信流去，误入桃源行数里。

清源寻尽花绵绵，踏花觅径至洞前。

洞门苍黑烟雾生，暗行数步逢虚明。

俗人毛骨惊仙子，争来致词"何至此"？

须臾皆破冰雪颜，笑言委曲问人间。

　　因嗟隐身来种玉，不知人世如风烛。

　　筵羞石髓劝客餐，灯爇（ruò）松脂留客宿。

　　鸡声犬声遥相闻，晓色葱笼开五云。

　　渔人振衣起出户，满庭无路花纷纷。

　　翻然恐失乡县处，一息不肯桃源住。

　　桃花满溪水似镜，尘心如垢洗不去。

　　仙家一出寻无踪，至今流水山重重。[①]

　　由于武陵县中有桃源这一传闻流播很广，所以，宋太祖乾德元年（963），析武陵县置桃源县，所以，此地至今以桃源相称。

　　也有人说，今安徽省黄山市歙县才是桃花源的所在地。歙县是古新安郡境内最西边的一个县，与陶渊明曾祖父陶侃的原籍鄱阳郡交界。据古方志记载，歙县南境有座武陵岭，岭下有个武陵村，村人以捕鱼为生。它的地理环境极像文章中描写的桃花源，这里有一块 91 平方公里的小盆地，附近有条小溪，即"章水"。沿章水上行，一处处桃林夹岸而生。水源尽头的峭壁上有个山洞，称作"桃源洞"。至今这里还有姓陶的人家，从他们的家谱来看，他们的始祖就是陶渊明的子孙。

　　而湖北省十堰市竹山县的居民们认为，晋太元年间中国版图上叫"武陵县"的只有今天的竹山县。竹山古称武陵县，属汉中郡，

———————————

① 卞孝萱校点：《刘禹锡集》，中华书局 1990 年版，第 346 页。

在秦朝就有了，晋时依然叫作武陵县，只不过属上庸郡。竹山境内的堵河旧称武陵河，河中峡谷至今还叫"武陵峡"。尤其是，峡谷入口处的村子叫桃花源村，出口处的村子叫桃花源乡。竹山县地处鄂西北山区，境内森林茂盛，地势险峻。从官渡镇桃园村波渔沟乘小木船沿堵河逆流而上，行约半小时，猛见一座孤山从河中突起。山背就是不足两米宽的武陵峡口，两边是数百米高的绝壁，抬头仰望，仅能见一线天光。河水从幽远的峡谷深处流来，好似陶渊明所写"山有小口，仿佛若有光，便舍船，从口入"。下船徒步行进大约一个小时后，进入大峡谷，花香扑鼻，鸟语入耳，不多久便看见一片茂密的桃树林，可谓"中无杂树，芳草鲜美，落英缤纷"。因此，竹山县才是桃花源的原型。

显然，无论上面的哪一种说法都不尽可信，但这种争议却说明了《桃花源记并诗》这篇诗文的影响之大、之深远。

东晋一朝，君主的权力相对较小，国家的绝大部分权力被各大门阀与军阀所把持。这些门阀与军阀之间互相争斗，你方唱罢我登场，在历史的舞台上相继亮相。在陶渊明的一生中，发生了许多历史上的大事件。

一、与王弘的交往

义熙十四年（418），陶渊明五十四岁，江州官府再次征其为著作佐郎，陶渊明也再次没有应命。这一年，王弘以辅国将军为江州刺史。王弘出身琅邪王氏，是刘裕的亲信，在此之前做过刘裕镇军将军府的谘议参军，级别比陶渊明所任的诸曹参军高一些。他可能听说过陶渊明这位前任同事，也可能是因陶渊明辞官隐居，声名比以前大了不少。总之，王弘到江州后，就很想与陶渊明往来，曾亲自登门拜访，但陶渊明称病不见。我们上文说过，陶氏家族与琅邪王氏是世交，陶渊明的第一个官职就是王凝之征召的，按道理来说，这样对待一位家族世交，更何况那人还是自己的父母官，是有些失礼的。但陶渊明解释说："我是因为性格和世俗不合、身体不好才不去做官，并不是为了博得高洁的名声，怎么敢以得到王公的亲自拜访为荣呢？如果这样做的话，将会招来谤议，其罪不浅啊！"看来他不让王弘亲自见他的原因是怕自己担当不起而非高傲。

为了见到陶渊明，王弘想了一个办法：陶渊明有个好朋友叫庞通之，王弘打听到陶渊明那一天要到庐山去，让庞通之带了酒等在半道等着。陶渊明看到老朋友，很高兴，停下来一起喝酒谈天。王弘装着偶然经过，与庞通之打招呼，庞通之赶紧替他俩介绍认识，王弘趁势加入到酒局中。

喝酒聊天时，王弘看到陶渊明穿的鞋子破得不成样子，便吩咐从人脱下自己的鞋子给他穿上。然后说要给渊明送一双新鞋，左右要量一下陶渊明的鞋码大小。陶渊明泰然自若地在刺史面前伸出那双泥脚，让他们量了尺寸。王弘邀请他回州府，问他坐的什么车，陶渊明回答道："我一向有脚疾，所以一直坐的是篮子，也回得了家。"于是王弘让一个门生和两个侍童抬着他到了州府。

王弘做江州刺史七年，这七年中和陶渊明经常有往来，两人关系相处得不错。如果王弘要见他，就会在林泽间守候。陶渊明没有酒米的时候，王弘也常常会周济他。有一次正值重阳节，陶渊明每到这个节令一定要多喝几杯。可是今年却无酒可喝，没奈何，只好在种菊花的东篱边闲坐着采了两把菊花，望着南山出神。正馋酒时，王弘让人送酒来了。他在东篱边畅饮，直到酩酊大醉。

王弘来了客人，也会请陶渊明去陪酒接送。陶渊明的诗集中有一首《于王抚军座送客》，王抚军就是抚军将军王弘：

秋日凄且厉，百卉具已腓。

爰以履霜节，登高饯将归。

寒气冒山泽，游云倏无依。

洲渚四缅邈，风水互乖违。

瞻夕欣良讌（聚谈；同"宴"），离言聿云悲。

晨鸟暮来还，悬车敛余晖。

逝止判殊路，旋驾怅迟迟。

目送回舟远，情随万化遗。

　　此诗以写景为主，采用传统的情景交融的抒情手法，通过对深秋万物萧瑟的凄清景色的描绘，渲染了离别的不舍与惆怅。据学者们考证，王弘座中之客，分别为谢瞻与庾登之。庾登之原任西阳太守，被任命为太子庶子、尚书左丞，此次是回京师任职。谢瞻原任相国从事中郎，此次赴任豫章大守。两人都是途经寻阳，王弘设宴为他们送行，时间大致是在永初元年或二年的深秋。元熙二年六月刘裕正式即位，旋即改元永初。也就是说，此时刚刚发生了改朝换代的大事，而庾登之、谢瞻、王弘都是新朝高官，但陶渊明依然与他们保持了良好的关系，依然是江州刺史的座上宾，并没有看出有任何芥蒂。这就牵扯到一个问题，陶渊明对东晋的灭亡、新朝的建立到底持什么样的态度？

二、对改朝换代的态度

东晋一朝，君主的权力相对较小，国家的绝大部分权力被各大门阀与军阀所把持。这些门阀与军阀之间互相争斗，你方唱罢我登场，在历史的舞台上相继亮相。在陶渊明的一生中，发生了许多历史上的大事件。其中，有司马道子、王国宝、司马元显等人的专权，有王恭、殷仲堪的起兵，有孙恩、卢循率领的五斗米道起义，就连禅让君位、建立新国这样的事件就发生了两起。第一起是在元兴二年十一月至十二月之间（403-404），在陶渊明40岁时，晋帝禅位，桓玄正式称帝，国号为楚。然后，以刘裕为首的几位北府兵将领讨伐桓玄，这次篡位很快就失败了。也正是在讨伐桓玄和镇压孙恩的过程中，刘裕开始壮大。

义熙十一年（415），刘裕击败了荆州刺史司马休之和雍州刺史鲁宗之的军队，平定了荆州、襄阳等重镇。司马休之是东晋最后一支较为强大的宗室武装，国内再也没有能够威胁刘裕的力量，改朝换代的进程大大加快了。就在这一年，刘裕对皇上不必拘于臣礼，上书时无须再称皇上。义熙十二年（416）其加封中外大都督，开始了北伐。十月，各路大军会师洛阳，围攻金墉，姚泓弟弟平南将军姚洸投降，刘裕派人将他押送回京师。又修缮晋朝五帝陵墓，派兵把守。义熙十三年（417）三月，大军到达黄河地区。刘裕亲自指挥兵马渡过黄河，打败了索虏，到达洛阳。八月，王镇恶攻克长安，活捉姚泓。九月，刘裕到了长安，收缴青铜器、浑天仪、地图等物，献给皇上，将姚泓押送回建康，斩首示众。刘裕拜谒汉高祖陵，在未央殿聚会文臣武将。晋安帝下诏将刘裕的宋公爵位升为宋王。义熙十四年十二月（419年1月），晋安帝驾崩，时年三十七岁。由他的弟弟、大司马、琅邪王继位，是为晋恭帝。元熙元年十二月（420年1月），刘裕取得皇帝的一切待遇：穿皇帝服，树天子旗，出行严加警戒，所过之地严加戒备，断绝行人，坐六马驾御的金银车，配备五时副车，添置旄头云旗，乐舞八佾，设钟磬于宫廷，升王太妃为王太后，王妃为王后，长子为太子，加封王子王孙称号。元熙二年（420）六月，刘裕到京，晋恭帝将皇位禅让给刘裕，改年号为永初，新的朝代正式建立了！第二年的九月丁丑，晋恭帝被逾墙而入的兵士弑杀。

尽管萧统评价陶渊明的诗文是"语时事则指而可想"，但是在现在流传下来的陶渊明的诗文中，我们看不到对这些大事件的直接反映。这也许是江州柴桑的乡村远离政治中心，消息比较闭塞，对这些发生于建康、荆州等地的事件反应较慢；也许是陶渊明态度比较审慎。总之，陶渊明的文集中，没有对这些重要事件尤其是两次篡夺的直接评论。

然而，无论是桓玄还是刘裕，都曾经是陶渊明的顶头上司，他们俩建立新朝，更是惊天动地的大事情，陶渊明对此不会毫无看法。那么，陶渊明对这两大事件究竟是什么态度呢？

桓玄结局很悲惨，他的篡位失败了，自己也被杀了，正统的历史学家历来将他当成是一个野心家、篡夺者，是反面典型。因此，后代有些正统思想比较严重的传记编纂者，尤其是陶氏家族的后裔陶澍，他用了各种手段否认陶渊明曾经担任过桓玄的幕僚，尽可能想让陶渊明与这位声名不佳的篡夺者脱离关系。而陶渊明对刘宋政权的态度，《宋书·陶潜传》中有一段话影响非常大。据作者沈约说，陶渊明对刘裕篡夺晋朝是有看法的，而且在行为上也有所表示："潜弱年薄宦，不洁去就之迹。自以曾祖晋世宰辅，耻复屈身后代，自高祖王业渐隆，不复肯仕。所著文章，皆题其年月，义熙以前，则书晋氏年号，自永初以来，唯云甲子而已。"①也就是说，陶渊明早年曾担任一些微薄的官职，对做官会玷污隐士的高名这一点并不是特别在意。不过，因为他的曾祖是晋朝的宰相，所以，对屈就后代的君主感到耻辱，自从刘裕的帝王之业开始兴盛以后，他再也不肯出仕了。在义熙以前，他写文章都用晋朝的年号，但自从宋朝建立以后，他都是用干支纪年，以避免使用宋朝的年号。顺便说一下，《宋书》中的说法本身并不很严谨。实际上，陶渊明在义

_____

① （南朝梁）沈约：《宋书》，中华书局 1974 年版，第 2288—2289 页。

熙以前创作的诗文，有的书年号，有的也仅是用干支纪年；不过，他确实从未用过宋朝的年号。不用宋朝的年号，这也意味着陶渊明不承认刘宋政权的合法性。沈约是以齐朝大臣身份作的《宋书》，有可能夸大了陶渊明对宋朝的不满。但有了这样一段记载以后，后人都相信陶渊明是晋室的忠臣，他的隐居、他的改名，包括他不接受刘宋朝江州刺史檀道济的馈赠等都是对刘宋篡晋的抗议。

前人在解读陶渊明的诗文时，为他定下的一个基调就是"忠愤"，因为对晋室的"忠"，从而导致对刘宋易代的"愤"。他们在陶诗的字里行间读出了许多对晋宋易代不满的微言大义。比如《拟古》（其九）是这样写的：

> 种桑长江边，三年望当采。
>
> 枝条始欲茂，忽值山河改。
>
> 柯叶自摧折，根株浮沧海。
>
> 春蚕既无食，寒衣欲谁待？
>
> 本不植高原，今日复何悔！

大部分注释者都认为这首诗是针砭时事。程穆衡说：柯叶枝条，是指司马休之之事。司马休之是晋宣帝司马懿六弟曹魏中郎司马进之后，谯敬王司马恬第四子，是较为疏远的皇族。在镇压桓玄的战斗中，他与大兄司马尚之、二兄司马恢之、三兄司马允之、兄子司马文仲各拥兵马，任显职。兵败，投奔南燕。刘裕讨伐桓玄，攻下建康之后南归东晋。义熙八年（412），司马休之任荆州刺史，据守江陵，在荆州颇得当地人心，因此引起了刘裕的戒心。义熙十一年（415）正月，刘裕收捕了司马休之在京城建康的次子司马文宝及兄子司马文祖，并将二人赐死，又亲自率军讨伐司马休之。攻占江陵后，休之和儿子司马文思等人逃亡后秦。古直笺疏道，刘向曾经将皇族比喻为国家的枝叶，枝叶一落，则本根无所庇荫。《周易》上说："其亡其亡，系于苞桑。"司马休之是晋朝宗室之重，所以这首诗以桑起兴，以桑树的枝条比拟司马休之。休之都督荆州，镇江陵，因此曰："种桑长江边。"休之以义熙八年十月到镇，义熙十一年四月败走，在镇三十一月，故曰"三年望当采"。休之甚得江汉人心，文思等人结交侠士，想要去除刘裕，被裕诛锄。兵败地丧，奔于后秦，所以说："柯叶自摧折，根株浮沧海。""春蚕既无食，寒衣欲谁待"是说晋朝依恃司马休之作为苞桑，现在根株已尽，蚕将何食？东晋此后更无所依赖了。"本不植高原"，这是说晋朝建国的根本本来就不深固，做了很多违逆臣道的坏事。当年王导对晋明帝讲述西晋建国之时干的那些事后，明帝流着眼泪，以面覆床，说："如果像您所说的那样，晋朝的国祚怎么长得了？"因此，现在悔之何及。① 也有人说，"本不植高原"是指恭帝之初立即已操控在刘裕手中，根基不牢自取灭亡。"今日复何悔"，诗人痛惜之情可见。

---

① 古直笺，李剑锋评：《重定陶渊明诗笺》，山东大学出版社2016年版，第158页。

陶渊明另有一篇《述酒》，蕴义更加隐晦，其云：

重离照南陆，鸣鸟声相闻。

秋草虽未黄，融风久已分。

素砾皛修渚，南岳无余云；

豫章抗高门，重华固灵坟。

流泪抱中叹，倾耳听司晨。

神州献嘉粟，西灵为我驯。

诸梁董师旅，芊胜丧其身。

山阳归下国，成名犹不勤。

卜生善斯牧，安乐不为君。

平王去旧京，峡中纳遗薰。

双陵甫云育，三趾显奇文。

王子爱清吹，日中翔河汾。

朱公练九齿，闲居离世纷。

峨峨西岭内，偃息常所亲。

天容自永固，彭殇非等伦。

这首诗很奇怪。首先，题目与内容完全不相干。题目是《述酒》，题下有注，说是："仪狄造，杜康润色之。"但诗中的内容与酒没有什么关系，宋朝人认为这里应该有误。其次，诗中的内容完全读不懂，这在渊明诗中绝无仅有。黄庭坚推测说，这首诗可能是读异书后所作，所以其中多不可解。韩子苍则从"山阳归下国"这句话中看出了名堂。"山阳"是汉献帝，曹丕禅汉后将献帝降为山阳公，让他居住于山阳城。按照古代谥法，"成名不勤"的谥号是"灵"，含有贬义。晋恭帝甘心让位、可算作"成名不勤"。因此韩子苍怀疑这是陶渊明对元熙后的政事有感而发，写的是东晋恭帝甘心禅位、归于下国之事，诗中"流泪抱中叹""平王去旧京"等诗句，表达的就是对恭帝的同情。宋朝的陶集注释者李公焕深表赞同，他引用赵泉山的话说：陶渊明退休后所作的诗，好多都是悼国伤时之语，但不想说得太明显，因此命名为《杂诗》，有的托以《述酒》《饮酒》《拟古》等诗。《述酒》中寓有其他语句，使得诗意比其他诗歌更加不可理解。但其中有一二句很关键很警要，真实意思可以从这一二句中推衍出来。[①]比如"豫章抗高门，重华固灵坟"这两句，指的就应该是刘裕与恭帝。义熙二年刘裕被封为豫章郡公，从此刘裕即可和皇室分庭抗礼。重华是舜，被埋在零陵九疑，而恭帝被幽禁于零陵。所以这首诗绝不是述酒的诗，而是政治诗。

　　宋朝学者汤汉进一步补充说：晋元熙二年六月，刘裕废恭帝为零陵王。第二年，以毒酒一瓮授张祎让他去毒杀恭帝，张祎不敢下手，自己饮下毒酒自杀。刘裕继而派兵士越过围墙给恭帝进药，恭帝不肯饮，于是将其掩杀。这首诗就是因此而作，所以才经《述酒》名篇。[②]按照这样的解释，晋宋易代之时的时事就和"酒"产

―――――――

① （宋）李公焕：《笺注陶渊明集》卷三《述酒》，元刻本。

② （宋）汤汉注：《陶靖节先生诗注》卷三，宋刻本。

生了联系，《述酒》这一题目就不算突兀。这以后，绝大部分注释者都同意韩子苍、赵泉山、汤汉等人的见解。他们说，"重离照南陆"说的是东晋南渡。因为司马氏的隐语是"典午"（"典"就是"司"的意思，马这种动物在干支上属午），午在南，在八卦中属于离，东晋与西晋两者相重，是谓"重离"。按照《晋书》的说法，司马氏的始祖就是重黎。所以"重离"无疑是指司马氏。南陆就是指长江以南，所以此诗的第一句话说的就是东晋南渡。但"鸣鸟声相闻"是什么意思呢，大家看法就不统一了。有人说这里用的是《离骚》的典故，屈原说："恐鹈鴃之先鸣兮，使夫百草为之不芳。"众鸟相鸣之后，众芳皆歇。意思是贤者逐渐减少。也有人认为鸣鸟指的是凤，此句说的南渡之初得贤才辅佐而凤鸣于郊的景象。两者理解截然相反。

我个人以为这样的解读是很危险的。我们知道《列子》中有一个邻人窃斧的故事。有一人丢了一把斧子，他怀疑是邻居偷了，看到邻居走路的姿势、脸上的表情、说话与行为无一不像是贼。后来，斧子找到了，再看到邻居的时候，他的动作、态度、言语，怎么也不像是小偷。这个故事的意思是说，如果心里先怀有一个成见，那么这个成见会很深地影响你对事物的观察，而对隐晦的诗文的解读更容易受到成见的影响。很多注释者硬要将诗歌与晋末宋初的具体时事相联系，解读时往往牵强附会。

我们可以从情理上分析一下陶渊明对这两次篡夺的态度。首先要说明的是，宋朝以后，所谓"忠"，就是指忠于一姓一朝，但在汉魏六朝时，"忠"的观念与后世是不同的。汉朝以后，品级较高的官员可以自行征辟僚属，这些被征辟的僚属与府主之间的关系就不同于通常的上下级的关系，同样被视为是君臣关系，这些掾属僚佐有时直接就称呼他们的府主为"君"。他们对府主负有终身的义务，要为其服务。比如陶渊明也有门生，在陶渊明隐居之后很多年，当地的刺史王弘要见他，陶渊明腿脚不好，所以是门生用篮子抬着他去的州府。府主死了之后，门生要像孝子那样，为他守丧三年。所以，魏晋南北朝时期所提倡的"忠"，不仅是针对国君的，也是针对府主而言的。对于那些朝廷征辟任命的官员，他"忠"的对象自然是国君，但是，那些由官员自行征辟的僚属，他们"忠"的对象就应该是府主。而陶渊明担任的官职，除了彭泽县令是由地方大员推荐、中央任命的之外，其他的，都是官员们的自行征辟，因此，无论是王凝之、桓玄、刘裕还是刘敬宣，都是陶渊明的君主。在当时人的观念中，他们对陶渊明是有恩的，陶渊明有忠于他们的义务。如果陶渊明背叛了他们，才是最大的不忠。

不过，陶渊明与这些府主的关系也有亲疏好恶上的不同。我们上文已经说到过，陶渊明的外祖家与桓氏家族的关系一向比较密切，在建康与荆州的矛盾中，他们一直是站在荆州一边的。所以，陶渊明与桓玄是世交。桓玄早年受朝廷的排挤，担任一些诸如太子洗马、义兴太守一类的官职，而且有一段时间还弃官归国。但他一旦掌握实权，就立即征辟了陶渊明，而陶渊明在闲居了六年以后，马上应承了这次任命，可见，陶渊明与桓玄的关系是比较亲密的。据我猜，在桓玄与东晋朝廷的矛盾中，陶渊明应该是比较同情桓玄的。

刘裕也是陶渊明的府主，但他和陶渊明的关系似乎就比较疏远。陶渊明在被刘裕征辟的时候就已经意识到这是一次好的机会，从此踏上一条前途光明的大道（"时来苟冥会，宛辔憩通衢"），但他只过了一年就离任了。我们知道，陶渊明担任桓玄、刘敬宣的僚佐都是在不得已的情况下离任的，但他离开刘裕的幕府却是主动的。其中，能看到的原因是刘敬宣的幕府是在江州，离家更近一些，但除此之外是否另有原因？我们不得而知。

不过，陶渊明对刘裕北伐的态度却颇耐人寻味。义熙十二年（416），刘裕再一次北伐。于次年的八月生擒后秦的君主姚泓，九月进驻长安。这是一项了不起的大功绩，此时距东晋偏安江左正好一百年，终于看到了恢复中原、天下统一的希望。当时，驻军京都的左将军朱龄石即刻遣长史羊松龄去祝贺。羊松龄经过寻阳，陶渊明有诗相赠。但陶渊明对羊松龄此次出行的主题——即刘裕北伐的胜利并没有太多的涉及，看不出多少兴奋与喜悦，只是说，圣贤留下的遗迹，样样都在关中，而我对它们的了解，完全是依靠书本。现在九州已经开始统一，我将准备车船上路，终于有机会能够亲眼看看圣贤的遗迹了。听说你将要先行，我因病不能和你同去。如果路经商山，请替我稍微停留盘桓一下。商山四皓虽然已经不在了，但他们弃绝功名富贵、安于贫贱的遗言还在。这些歌谣一直驻留在我的内心深处，可惜我命运不济，和四皓的时代相去太远，不能亲近他们并与之同游。因为在数代之下，有些意思不能用语言径直表达出来。从这首诗中我们可以隐约地看到，陶渊明并不愿意对他前任府主的功绩多加称道。

当然，陶渊明世代都居住于南方，只是从书本上了解的北方。从东汉末年开始，南方地区隶属于北方中央政权的时间只有短短的五十年，在大部分时间内（150年）都自成一体，因此，北伐胜利带给他的喜悦当然不会像世居北方的南渡贵族那样巨大，对祖国统一的感受也不会像深受大一统思想影响的后人那样强烈，从某个角度来看，他的反应也是合情合理的。

后来，刘宋代晋，刘裕称帝。新朝建立以后，必然的结果是出现一批新贵，而前朝的老贵族开始失势。刘宋建立以后，下诏一律废除晋代的封爵，只对王导、谢安、温峤、陶侃、谢玄五家例外，但爵位下降一级，食邑减少。尽管新政权对这些老贵族有优抚，但其地位毕竟下降了。所以，陶氏家族的利益在新朝建立以后肯定是受损的。陶氏的爵位就由食邑3000户的长沙郡公降为500户的吴昌侯。所以，我觉得，陶渊明对刘裕可能并不喜欢，更不亲近，对晋宋易代一事肯定不会欢迎，但不见得是出于忠于晋朝的立场。由于他与刘裕是府主与门生故吏的关系，即便有不满，也不能明言。如果他公开反对刘裕，才违背了当时通行的伦理道德观念，才是"不忠"，这就是陶渊明诗文中看不到公开批评的原因。

三、晚年经历

庞参军是陶渊明的老朋友，陶渊明曾经和他做过两年的邻居。二人经常诗酒往来，常一起到庐山游玩，相处得非常融洽愉快，成了可以倾盖交谈的良友。宋少帝景平元年（423），陶渊明五十九岁。这年春天，庞参军奉卫将军王弘之命自寻阳出使江陵，有赠陶渊明的诗，陶作五言诗相答。同年冬，庞参军又奉宜都王刘义隆之命从江陵使建康，路过寻阳，又有诗赠陶，陶渊明也作四言诗一首回答他。五言诗说，只要志趣相投，虽非旧交，亦彼此相得。然后回忆庞参军的过访和欢宴谈心的情谊，继又说"我实幽居士，无复东西缘"。意思是自己只想隐居，不愿东西奔走。"物新人惟旧，弱毫多所宣。"东西虽然是新的好，但朋友却是老的珍贵，但愿我们经常通信以保持友谊。

颜延之随刘柳离开寻阳后，政治地位与文学地位都有所上升。他与谢灵运、慧琳等人依附于庐陵王刘义真，但义真与当朝大臣徐羡之不睦。少帝即位后，徐羡之、傅亮等以刘义真与少帝不睦的罪名，将他废为庶人并杀害，其亲信也都被外放、贬谪。谢灵运被外放为永嘉太守，颜延之外放为始安（在今广西桂林）太守。延之由建康西上，去始安郡任职，途经寻阳，与陶渊明再次相见。两人距上次见面已有近十年之久，称得上是久别重逢。在这次短期停留中，他们几乎天天见面，整日在陶渊明家中痛饮，自晨达昏。延之知道陶渊明经济状况不好，临走时给他留了二万钱。陶渊明并不推辞，直接把二万钱送存酒家，以便随时能去喝酒。

元嘉三年（426）的五月，檀道济接替王弘担任江州刺史。檀道济长期以来一直是刘裕的部下，跟随刘裕参加了讨伐桓玄、镇压卢循、平定荆州司马休之等一系列战役，刘裕北伐时他担任先锋，攻破洛阳、潼关，是建立刘宋的大功臣。宋朝建立后，他参与了废少帝刘义符改立文帝的计划。宋文帝即位后，他的地位达到了顶点。檀道济当时的身份是持节、都督江州以及荆州的江夏、豫州的西阳、新蔡、晋熙四郡诸军事，征南大将军，开府仪同三司，江州刺史，常侍，这比王弘仅担任江州刺史、卫将军地位要高。檀道济也和他的前任一样，礼贤下士，亲自到陶渊明家访问。但与前任刺史王弘相比，陶渊明对檀道济的态度显得冷淡得多。檀道济来看望时，陶渊明已经挨饿很久，起床也很困难。檀道济劝他说："贤者处世，天下无道才隐居，有道就应该出来做官，你现在生在一个文明之世，为什么要如此自苦呢？"渊明回答说："我怎么敢比贤人呢？我的志趣够不上。"檀道济送给他粮食和肉，他挥手让人拿走，不肯接受。

从以上事实也可以看出，陶渊明辞官后虽然穷困，但社会声誉与社会地位却一直在提高。他在当时显然已经属于地方名流，很多经过寻阳的官吏都会慕名前来拜访，这种声名的获得，与王弘这样的地方官员的宣传不无关系。当时的社会风气是普遍地尊重隐逸之士。据孔子说，举逸民是让天下归心的措施之一；如果逸民能够出山任职，更是政治清明的标志。因此，不管是谁担任地方官，都会下令征召隐士。当然，这种征召象征意义大于实际意义。隐士们心里也很清楚，他之所以受到尊重，是由于他隐居的声名，如果他失去了隐士的身份，那就从"远志"变成"小草"，成为人所轻贱之物；另外，他与地方官员之间也会从原来的朋友关系变成上下级关系；因此，没有特别的原因，轻易不会答应官府的征召。官府与隐士之间，会心照不宣地维持这种互动的平衡关系。

过了一年后，陶渊明的身体越来越差了。在颜延之为他写的诔文中，说他患了疟疾，已经预感到自己要离开人世了，自己主动停止了吃药，泰然地等待死亡。在九月神志还清醒的时候，写了一篇《自祭文》，简略地回顾了自己一生躬耕隐居、艰苦自励的生活道路，最后说："识运知命，畴能罔眷？余今斯化，可以无恨……从老得终，奚所复恋……匪贵前誉，孰重后歌。人生实难，死如之何？"如果认识到自然的规律与命运，谁还会留恋这个世界？我现在同万物一起变化逝去，没有什么可遗憾的。能够活到老年，走完一生，还有什么可以依恋呢？既然不看重生前的荣誉，又怎么会去追求身后的称颂？活着确实艰难，死了又会怎样？在此之前，陶渊明给自己写过三首《拟挽歌辞》，其中第三首写道：

> 荒草何茫茫，白杨亦萧萧。
>
> 严霜九月中，送我出远郊。
>
> 四面无人居，高坟正嶕峣。
>
> 马为仰天鸣，风为自萧条。
>
> 幽室一已闭，千年不复朝。
>
> 千年不复朝，贤达无奈何。
>
> 向来相送人，各自还其家。
>
> 亲戚或余悲，他人亦已歌。
>
> 死去何所道，托体同山阿。

对自己的死亡与出殡有着非常具体的想象，说明他早就为死亡做好了准备。大致在此年的十一月，陶渊明安详地离世了，终年六十三岁。

　　谈到陶渊明在中国文学史上的贡献，首先一点就是他将田园风光与田园生活作为诗歌的题材。第二个点就是创造了一种新的美学风格——平淡冲和。另外他用他的文学创作与生活实践真正展示了隐逸生活的价值与乐趣。

一、人格楷模

陶渊明首先是以隐士而闻名的，无论是南朝人还是唐朝人，在编纂史书时，一直将他列入《隐逸传》。人们纷纷称道的是他的人格。唐朝人在诗歌中反复称赞他不为五斗米折腰的精神，以及归隐田园这一行为。诗人高适在做封丘尉时，对"拜迎官长心欲碎，鞭挞黎庶令人悲"的现实无法容忍，因而"转忆陶潜归去来"（《封丘县》）。北宋的隐士林逋说："陶渊明无功德以及人，而名节与功臣、义士等。"[①]南宋爱国词人辛弃疾在词中说："须信此翁未死，到如今凛然生气，吾侪心事，古今长在。"（《水龙吟》）道学家朱熹也说："晋宋人物，虽曰尚清高，然个个要官职，这边一面清谈，那边一面招权纳货。陶渊明是真个能不要，此所以高于晋宋人物。"[②]当然，也有人对陶渊明不肯为五斗米折腰这一行为不以为然，比如王维

---

① 《省心录》，转引自北京大学、北京师范大学中文系编《古典文学研究资料汇编·陶渊明集》上卷，中华书局1962年版，第23页。

② 黎靖德编：《朱子语类》卷三十四，中华书局1986年版，第874页。

在《与魏居士书》中就说，当时不肯屈腰见官，到了后来，穷得到处乞食。如果你肯见督邮，就能安食公田数顷。不肯忍受一点小羞惭，最后就终身羞惭。这是忘大守小。这番话表明，王维此人虽有艺术天赋，但在思想境界上确实不能与陶渊明相比，正因为他有这样的思想，所以，安禄山叛乱时，他几乎不作任何抗争就担任了安禄山的伪职，这样的行为才需要终身羞惭。除此之外，对陶渊明的人格历史上很少有异议。

陶渊明最吸引人的地方是他的性格，他的性格太有魅力了。萧统在《陶渊明传》中说他"尝著《五柳先生传》以自况，时人谓之实录"。也就是说，《五柳先生传》是陶渊明真实的自我写照：

先生不知何许人也，亦不详其姓字，宅边有五柳树，因以为号焉。闲静少言，不慕荣利。好读书，不求甚解；每有会意，便欣然忘食。性嗜酒，家贫不能常得。亲旧知其如此，或置酒而招之；造饮辄尽，期在必醉。既醉而退，曾不吝情去留。环堵萧然，不蔽风日；短褐穿结，箪瓢屡空，晏如也。常著文章自娱，颇示己志。忘怀得失，以此自终。

赞曰：黔娄之妻有言："不戚戚于贫贱，不汲汲于富贵。"其言兹若人之俦乎？衔觞赋诗，以乐其志。无怀氏之民欤？葛天氏之民欤？

从这篇传记中可以看出，陶渊明代表了自然主义的人格典范，他为人处世的方式概括来讲就是率真与适性。

所谓率真，也就是不虚伪、不做作、不矫情。陶渊明为人的率真从他的待客之道中可见一斑。只要家里来了客人，不论贵贱，有酒就拿来待客。如果他先喝醉了，便会主动对客人说："我醉了，想睡觉，你可以回去了。"没有丝毫的客套。能吃饱的时候可以倾尽所有以待客，但饥饿的时候敲人家的门要饭吃，也不认为是羞耻。

拿做官这件事情来说，苏东坡说陶渊明是"欲仕则仕，不以求之为嫌；欲隐则隐，不以隐之为高；饥则扣门而乞食，饱则鸡黍以延客。古今贤之，贵其真也。"[①] 意思是说陶渊明不把求官看作是应该避嫌的事情，亲口说，我曾托人求官；想隐居了就辞职归去，也不把隐逸看成是多么高雅的事，只是说，我的性格不适合做官，仅此而已，从不以此来标榜。古今的人都认为他是贤者，就因为看重他的率真。

所谓适性，就是不拘执，不迁泥，顺应自己的性情爱好。拿他的读书来说，他不字斟句酌，穷研苦思，而是领会大意，融会贯通。即便是六经这样的经典，他也就是"游好"而已，也就是因为爱好而加以浏览。这种读书的态度显然不是为了功利，而是为了快乐。郡里来了尊贵的客人，正好碰上新酒已经酿成，手头没有筛酒

---

① （北宋）苏轼：《书李简夫诗集后》，孔凡礼点校：《苏轼文集》，中华书局1986年版，第2148页。

用具，就解下自己的头巾来筛酒。完事之后，又重新将头巾系上。这一切，做得是那么的自然。这些日常行为与生活细节，都反映出一种自然主义的态度。

　　而从陶渊明与亲友的交往中，我们可以看出陶渊明性格中宽厚温和的一面。所谓宽厚温和，就是不苛责、不刻薄、尊重他人。这从陶渊明对他人的态度中可以明显看出。他的儿子们淘气不爱学习，但陶渊明并无严厉的责骂，只是温和的调侃。在陶渊明这个时代，有这样的认识与行为，是非常了不起的。实际上，陶渊明和殷隐、庞参军、周续之等人在思想和人生选择中是有分歧的。但对这种分歧，陶渊明首先是坚持原则，不放弃自己的立场，但不挖苦讽刺，不伤害朋友的感情，不以现在的分歧，否定过去的旧交，不忘情，不绝谊，在各行其志中求同存异。他得知殷晋安将东行为官，意识到他们俩"出处乖分"，但更遗憾的是"山川千里外，言笑难为因"，并有"脱有经过便，念来存故人"的情意。周续之为官府讲礼，陶渊明以"药石有时闲，念我意中人"的亲近态度说开来，用"思与尔为邻"劝其迷途知返，批评中含着关切。即便别人的劝告不可接受，但因为别人是出于好意，所以，拒绝也应该是温和得体的。比如对于田父的劝说，他就表示："深感父老言，禀气寡所谐。纡辔诚可学，违己讵非迷！且共欢此饮，吾驾不可回。"你的话让我深有感触，可是由于我天生的性格，很少有人和我合得来。重新回头去做官是可以，但违背自己的本性那就是最大的迷惑。让我们高高兴兴地喝酒吧，我的决定是不可更改的。正是这种宽厚的性格和温和的处事方式，使得陶渊明在乡村生活时，始终保持了良好的人际关系。

他那种率真自然、亲切宽厚、温和洒脱、泰然达观的性格给人留下非常深的印象。和他相处，肯定会非常随意，非常舒适，没有压力。如果要选中国历史上的一位大作家作朋友的话，我想大部分人都会选择陶渊明，这也是陶渊明在后世有巨大影响的重要原因。

二、文学典范

　　但作为文学家的陶渊明，对他的评价却经历了一个发展的过程。在陶渊明生前和死后的一百多年时间内，他的诗文并不受重视，评价也不是很高。他的好朋友颜延之是刘宋时期仅次于谢灵运的文坛领袖，但他在给陶渊明写诔文时只是称赞陶渊明高洁的人格，记叙两人的交往与感情，对他的作品，只是说"文取指达"，意思是只是把意旨传达出来。颜延之有这样的看法我们并不奇怪，因为他的写作风格正好和陶渊明是两个极端。他的诗"如错彩镂金"，喜欢搬弄典故，堆砌辞藻，但缺乏生动的情致；因此，他对陶渊明的诗文评价不高是在预料之中的。在陶渊明死后60年，另一个文坛领袖沈约作《宋书》，也是把陶渊明归入《隐逸传》，对他的文学成就，几乎只字未提。梁代有个文学评论家叫钟嵘，写了一本《诗品》，对两汉至梁代的122个诗人进行了品第与评论，他称陶渊明为"隐逸诗人之宗"，不仅注意到陶渊明是个隐士，而且承认他还是个诗人，并说陶诗"文体省净，殆无长语。笃意真古，辞兴婉惬。每观其文，想其人德。世叹其质直，至如'欢言酌春酒''日暮天无云'，风华清靡，岂直为田家语焉？古今隐逸诗人之宗也。"①评价是很高的。但他把陶渊明列为中品，上品有11人，包括了陆机、潘岳、张协、谢灵运等，按照现在的评价标准，这些作家远不能和陶渊明相比。

梁代的太子萧统是陶渊明的第一个知音，他对陶渊明的诗文特别喜爱，自称"爱嗜其文，不能释手"。他亲自搜集陶渊明的作品，校订之后编成集子，并写了一篇序，还作了一篇传。但即便是萧统这样一个有着不同凡俗的审美眼光的人，也不能不受到时代偏见的限制。他在编选《文选》时，只收录了陶渊明的诗歌8首，辞赋1篇，但收录谢灵运的诗歌达40首之多，收录陆机、曹植的作品也远多于陶渊明。

到唐朝时，杜甫曾经提到过陶渊明的诗歌，一直是将他与谢灵运并提，他赞扬当时并不太出名的许十一，说："陶谢不枝梧，风骚共推激。"（《夜听许十一诵诗爱而有作》）意思是许十一的诗连陶谢都不能抵挡，可以跟《诗经》《楚辞》比高下，这当然是客套话。又说他自己老了诗才减退，"焉得思如陶谢手，令渠述作与同游"（《江上值水如海势聊短述》），哪里能够找到运思像陶谢那样的高手，让他来写作并和自己同游呢？到了宋朝，对陶渊明的评价极大地提高了。苏轼特别喜爱陶渊明，他在谪居海南时，曾对陶渊明

---

① （南朝梁）钟嵘撰，曹旭集注：《诗品集注》，上海古籍出版社1994年版，第260页。

的每一首诗都作了和作。他甚至说:"自曹(植)刘(桢)鲍(照)谢(灵运)李(白)杜(甫)诸人,皆莫及也。"真德秀说:"渊明之作,宜自为一编以附于三百篇、楚辞之后,为诗之根本准则。"①这样的评价即便是现在看来都有些夸张。

以上是对陶渊明诗歌的评论,而从创作上模仿、学习陶渊明的人那就更早、更多了。齐梁时期的江淹就曾经模仿过陶渊明的诗作,而且模仿得惟妙惟肖,长期混在陶集中不曾被发现。陶诗对唐朝的山水田园诗人有很大的影响。清朝人沈德潜在《说诗晬语》中说:"陶诗胸次浩然,其中有一段渊深朴茂不可到处。唐人祖述者,王右丞(维)有其清腴,孟山人(浩然)有其闲远,储太祝(光羲)有其朴实,韦左司(应物)有其冲和,柳仪曹(宗元)有其峻洁;皆学焉而得其性之所近。"②可见陶诗影响之广。

但也不是没有不同意见,很多人批评陶诗枯淡、缺乏文采。杜甫在《遣兴五首》(其三)中对陶渊明的人生态度与诗歌创作都有微辞,他说:"陶潜避俗翁,未必能达道。观其著诗集,颇亦恨枯槁。达生岂是足?默识盖不早。有子贤与愚,何其挂怀抱。"③意思是陶渊明这个逃避世俗的老人,未必真正懂得大道。我看到他的诗集,很是遗憾他写得是那样的枯槁。光这样就算是参透人生了?他做到

---

① (宋)见李公焕笺注:《笺注陶渊明集·总论》,元刻本。

② (清)沈德潜:《说诗晬语》,载《原诗·说诗晬语》,凤凰出版社2010年版,第99—100页。

③ (清)仇兆鳌注:《杜诗详注》,中华书局1979年版,第563页。

安世默识的时间已经很晚了；而且，他对孩子是贤是愚是何等挂在心上啊！杜甫对陶渊明是否称得上是"达生"的议论显然很苛刻，但作为中国历史上最伟大的诗人，杜甫以陶诗的"枯槁"为恨，确实引起了很多人的共鸣。陈师道也说："陶渊明之诗，切于事情，但不文耳。"[1]意思是说，陶诗非常贴近生活，但没有文采。苏东坡对此则有不同于杜甫的看法，他在给苏辙的一封信中说："吾于诗人，无所甚好，独好渊明之诗。渊明作诗不多，然其诗质而实绮，癯而实腴。"明清以后，依然有人批评陶渊明。王夫之就说："门庭之外，更有数种恶诗：有似妇人者，有似衲子者，有似乡塾师者，有似游食客者……似衲子者，其源自东晋来。钟嵘谓陶令为隐逸诗人之宗，亦以其量不宏而气不胜……似塾师、游客者，《卫风》《北门》实为作俑……陶公'饥来驱我去'，误堕其中。"[2]也就是说，陶渊明对衲子、塾师、游客诗的形成都有坏影响。当然，这些是少数派的意见，绝大多数的文学家都认为陶渊明是第一流的作家，是中国文学史上伟大的诗人之一。

　　谈到陶渊明在中国文学史上的贡献，首先一点就是他为诗歌开辟了一个新的领域，那就是将田园风光与田园生活作为诗歌的题材。实际上，陶渊明诗歌的题材类型还是很丰富的，大致可以分为

---

[1]　（北宋）陈师道：《后山诗话》，何文焕集：《历代诗话》，中华书局1981年版，第313页。

[2]　（清）王夫之：《姜斋诗话》，载《四溟诗话·姜斋诗话》，人民文学出版社1961年版，第163页。

五类：田园诗、咏怀诗、咏史诗、行役诗、赠答诗，但相比之下，田园诗是最为人们所重视的。

在陶渊明之前，表现农村生活与田园风光的诗歌不能说没有，比如《诗经》中《七月》是写一年四季的农业生活的，《诗经》中的很多景物描写，当然应该是田园景物。但是，《诗经》是民歌，而在文人作品中，则几乎没有农村生活与田园风光的描述。张衡的《归田赋》写的是归田题材，这篇赋里有景物描写，但很难说是田园景物，更没有农民生活。潘岳的《闲居赋》写的是庄园景色，当然与农民生活也没有太大的关系。东晋以后，文人们向往山林，甚至隐遁山居，他们非常乐衷于写山水，出现了很多山水诗。田园诗和山水诗往往并称，但这是两类不同的题材。田园诗会写到农村的风景，但其主要内容是写农民的生活；山水诗则主要是写自然风景，写诗人主体对山水客体的审美，往往和行旅联系在一起。陶渊明写山水的诗并不多，严格地讲只有《游斜川》一首，他写得多的是田园诗。田园诗是陶渊明为中国文学增添的一种新的题材。

陶渊明的田园诗创作，和当地农业经济的发展、自然景色的美丽有着密切的关系。我们在上文曾经介绍过，寻阳地区的农业生产在当时处于较为先进的地位，粮食产量较高。此地村落相间，人烟稠密，陇亩纵横，加上有庐山与鄱阳湖，山水秀丽。陶渊明的田园诗就是在这样一个环境下产生的。

不过，在南朝的时候，大家还是热衷于写山水诗，写田园的诗歌依然非常少。一直要到隋唐时期，田园诗才渐渐多起来了，盛唐时期，写田园与写山水的作家可以并称了，诗歌的质量也非常高，就形成了一个流派，称之为山水田园诗派。这以后这个题材越来越受欢迎，写的人也越来越多。所以，陶渊明在诗歌题材的开创上有特殊的贡献。

陶渊明对文学史的第二个重要的贡献就是创造了一种新的美学风格——平淡冲和。在陶渊明之前或稍后的文学创作中，屈原的风格是惊采绝艳、瑰丽神奇的，汉大赋的风格是侈肆闳富、铺陈扬厉的，《古诗十九首》的风格是温柔敦厚、怨而不怒的。建安文学创造了风骨，为中国文学带来了慷慨悲凉之美；谢灵运描绘了山水，为中国文学带来了富丽精工之美；而陶渊明则为中国文学创造了平淡冲和之美。

风格是读者对诗歌的一种整体感受，风格的形成取决于种种因素。拿陶渊明来说，他的平淡冲和风格的形成就与他诗歌创作的目的、诗歌的题材内容、诗歌的表现手法有密切关系。

首先，就创作诗歌的目的来说，陶渊明的诗歌创作是为了"自适"，也就是他写作诗歌只是为了表达自己的情感，为的是自己享受，他并不想通过诗歌创作来让别人赏识他，从而获取声名与利益，因此，他不需要炫耀学识、展示才华，无须通过种种修辞手段来使诗文华美，这就使平淡风格的形成有了可能。

第二，陶渊明诗歌的题材内容主要是平淡的田园风光、农村的日常生活，以及处于这种生活中的恬静心境。"桑竹垂余荫，菽稷随时艺。春蚕收长丝，秋熟靡王税。荒路暖交通，鸡犬互鸣吠"，描绘的是田园风光；"弱子戏我侧，学语未成音""相见无杂言，但道桑麻长""日入相与归，壶浆劳四邻"，写的是日常生活；而"悠然"则是在这样的生活环境和生活状态下的心情基调。陶渊明是将最为普通琐碎的日常生活诗化了。这样的内容、题材决定了作品的平淡风格。

第三，这些内容又是通过朴素的语言、白描的手法，真率自然地流露出来的，这是形成平淡风格的又一个重要因素。陶诗所用的语言，是近于口语的质朴言辞，如"夏日抱长饥，寒夜无被眠""春秋多佳日，登高赋新诗……务农各自归，闲暇辄相思；相思则披衣，言笑无厌时""今我不为乐，知有来岁不""道狭草木长，夕露沾我衣"等，都近乎口语。这些语言虽然朴素如家常，后人称之为"田家语"，却不浅薄，相反使人感到淳厚有味，这是因为它是经过高度艺术提炼的。"蔼蔼堂前林，中夏贮清阴"，仅用一个"贮"字，就把中夏林荫下的清凉物态化了，林荫下的凉意似乎是可以贮存、可以掬取的一泓清泉。"有风自南，翼彼新苗"，很多评点者都激赏"翼"字的用法。陶渊明在此处将名词动词化，形象地描绘出和煦的南风如同巨大的翅膀，温存地轻拂过禾苗的生动景象。这里的用词显然是经过精心提炼和选择的。另外，如"饥来驱我去"之"驱"，"良辰入奇怀"之"入"，"日月掷人去"之"掷"，"严霜结野草"之"结"，都高度准确、精炼。

所谓白描原来是中国绘画的传统技法之一，大致接近于西洋画法中的速写或素描。这种绘画手法运用到文章的描写上，就是不用秾丽的形容词和繁复的修辞语，也不精雕细刻，大加渲染，而是抓住描写对象的特征，用准确有力的笔触，简练的语言，寥寥数笔就写出活生生的形象，表现出自己对事物的感受。它不求细致，只求传神，不尚华丽，务求朴实。我们来看陶渊明的《归园田居》（其一），其中这样描写田园景物：

方宅十余亩，草屋八九间。榆柳荫后檐，桃李罗堂前。暧暧远人村，依依墟里烟。狗吠深巷中，鸡鸣桑树颠。

《读山海经》第一首是这样叙述农闲读书生活的：

孟夏草木长，绕屋树扶疏。众鸟欣有托，吾亦爱吾庐。既耕亦已种，时还读我书。穷巷隔深辙，颇回故人车。欢然酌春酒，摘我园中蔬。微雨从东来，好风与之俱。泛览周王传，流观山海图。俯仰终宇宙，不乐复何如？

他的《责子》诗，是描写孩子的，写他的五个孩子分别都只用了一句话："阿舒已二八，懒惰故无匹。阿宣行志学，而不爱文术。雍端年十三，不识六与七。通子垂九龄，但觅梨与栗。"但不同年龄阶段的孩子的特点跃然纸上。

我们可以看到，陶渊明无论是描写田园景物还是叙述读书生活，或是勾勒人物，都是用简练的笔墨勾描出各种景物和人物的特征，突出其神韵，或不着颜色，或略施淡墨，以形象本身的特征表露唤起读者联想。而这些景物、生活、人物，以及诗人的志趣和心情，无一不是诗人真实的印象与感受，既无矫情也不矫饰，以一种率真自然的方式抒写出来，因此，就形成了平淡的风格。

当然，陶渊明的诗文也不是一味平淡的，当诗歌的题材是记叙一种令他感发的英雄壮举，在他抒发的情感是一种激昂强烈的慷慨之情时，他的语言与表达方式也发生了变化。如《咏荆轲》：

> 燕丹善养士，志在报强嬴。
>
> 招集百夫良，岁暮得荆卿。
>
> 君子死知己，提剑出燕京；
>
> 素骥鸣广陌，慷慨送我行。
>
> 雄发指危冠，猛气冲长缨。
>
> 饮饯易水上，四座列群英。
>
> 渐离击悲筑，宋意唱高声。
>
> 萧萧哀风逝，淡淡寒波生。
>
> 商音更流涕，羽奏壮士惊。
>
> 心知去不归，且有后世名。
>
> 登车何时顾，飞盖入秦庭。
>
> 凌厉越万里，逶迤过千城。

图穷事自至，豪主正怔营。

惜哉剑术疏，奇功遂不成。

其人虽已没，千载有余情。

　　这首诗中表现的情感是壮怀激烈的，所以诗歌的风格就变得慷慨激昂。所以宋朝的朱熹说："陶渊明诗人皆说是平淡，据某看，他自豪放，但豪放得来不觉耳。其露出本相者是《咏荆轲》一篇，平淡底人如何说得这样言语出来。"[1]

　　陶渊明诗歌为人所称道的一点就是他的诗歌富有意境。人们常常拿他的诗歌与谢灵运的诗歌作比较，认为陶渊明的田园诗已经到了"意境"这个境界，而谢灵运的山水诗还停留在"画境"这个层次上。所谓"意境"，实际上就是说在景物的描绘中渗透着作者的主观感情，表现着作者的观念，由此，在景物以外还能体会到更多的内涵和意蕴，也就是有"言外之意"。而"画境"那还是客观地描摹景物，作者的感情与观念还没有完全融注渗透于景物描写，景物描写的内涵与意蕴就比较单薄。

　　陶渊明诗歌中的物象也不是单纯的物象，而是渗透作者情感、反映作者观念、具有象征意蕴，因而，可以称之为意象。陶诗中经常出现的物象就动物来说是鸟和鱼，就植物来说是松与菊，在陶诗中，它们都不是简单的景物，都有独特的象征意蕴。

---

① （宋）黎靖德编：《朱子语类》卷一四〇，中华书局 1986 年版，第 3325 页。

在鸟这一意象上，通常都能看到陶渊明本人的影子。"高鸟"是自由的象征，"望云惭高鸟，临水愧游鱼"（《始作镇军参军经曲阿》），所对应的是陶渊明自由自在的田园生活，因此它是快乐的，"鸟哢欢新节，泠风送余善"（《癸卯岁始春怀古田舍二首》其一）；是高蹈远举的，"微雨洗高林，清飙矫云翮"（《乙巳岁三月为建威参军使都经钱溪》），"云鹤有奇翼，八表须臾还"（《连雨独饮》）。羁鸟与池鱼所对应的当然是他的仕宦生活，它为人所羁，丧失了自由，所以，"羁鸟恋旧林，池鱼思故渊"（《归园田居》）。"归鸟"则显然对应的是回归田园后的陶渊明，它是疲惫的："云无心以出岫，鸟倦飞而知还"（《归去来兮辞》），但从此以后又变得轻松："山气日夕佳，飞鸟相与还"（《饮酒》）。而"孤鸟"这一物象则反映出陶渊明归隐后的寂寞："朝霞开宿雾，众鸟相与飞，迟迟出林翮，未夕复来归"（《咏贫士七首》其一）。这只迟迟出林的孤鸟反映了世无知音、缺少同类的孤独之感，这也是陶渊明归隐后经常会有的心境。

陶渊明也很喜欢写松树、写菊花，这是因为松树与菊花都有一种不随波逐流、独立却坚强的品性和气质。《和郭主簿》（其二）中说："芳菊开林耀，青松冠岩列。怀此贞秀姿，卓为霜下杰。"叶嘉莹先生在解说这首诗的时候分析道：芬芳的菊花开放了，在一片丛林中显得醒目璀璨，在深秋、在冬天，当别的花都凋谢了，别的叶子都黄落的时候，菊花耀眼地开放，松树依然保持着长青不凋的生命姿态。这种美丽的姿态显示出坚强的贞节，越是在寒冷的冰霜的打击、考验中，才显得杰出、了不起！正因为陶渊明对松树、对菊花有这样的感觉和认识，所以当他"采菊东篱下"时，或许想到了世界上很多人追求外表的浮华，追求世界上的名利，追求虚荣，可是他与这些人不同，他在远离尘世喧哗的地方，在自己草庐东边的篱笆下，面对秋天开得这么美丽的菊花，找到了一种精神上的契合。正因为这些物象描绘中渗透着作者的情感，反映着作者的观念，具有与诗人气质契合的象征意蕴，才使陶渊明的诗歌在平凡的生活素材中含有极不平凡的思想意境。

除了意境之外，陶渊明的诗歌还有一个特点，那就是有"理趣"。用诗歌来说理是东晋时期的一种风气。魏晋时期玄学盛行，但以前通常是用清谈的方式来讨论玄理。从东晋开始，孙绰、许询等人开始用诗歌来说明玄理，这样的诗歌就叫作玄言诗。齐梁时，中国出了一个伟大的文学理论家叫刘勰，他说玄言诗是："诗必柱下之旨归，赋乃漆园之义疏。"（《文心雕龙·时序》）老子曾担任过柱下史，所以，"柱下"指的是老子；庄子做过漆园吏，所以"漆园"就是指庄子。刘勰是说，玄学家写诗赋，一定说的是老庄的哲理，就像是为老庄的作品作注解一样。玄言诗作者还没有学会如何用诗歌来说理，他们还像是在清谈一样，把写说理文的方法用到写诗当中去，因此艺术效果很差，刘勰说这些诗是平淡得像《老子》这本理论著作一样。这样的诗歌其中可能说了很多"理"，但是显然没有"趣"；这样的诗歌显然是思想大于形象的。

陶渊明也喜欢在诗歌中讲道理，但他与玄言诗人不一样，第一，他大部分讲的不是抽象的、高深的玄理，而是一些他自己在生活实践中总结出来的日常之理，有的是大实话，如："人生归有道，衣食固其端。"(《庚戌岁九月中于西田获早稻》)"人生似幻化，终当归空无。"(《归园田居》其四）有些则包含了一些励志与劝勉，如"及时当勉励，岁月不待人"和"落地为兄弟，何必骨肉亲"(《杂诗》其一）。这些虽然是大道理，但人人都能接受，他用警策的语言表述出来以后，就有了审美价值。当然，这些可能还谈不上是"理趣"。但有的出自生活经验的心理感受，人们可能都有体会，如"气变悟时易，不眠知夕永"(《杂诗》其二），牵涉的实际上是心理学上的一个有趣现象——心理时间与实际时间的不一致：快乐的时候觉得时间过得太快，痛苦的时候则感觉时间太慢，这个有趣的心理现象用诗歌的形式表述出来，读来就有了"理趣"。陶渊明是东晋人，他不可能不受玄学风潮的影响，他的诗歌中也有玄学中经常谈及的哲理，但陶渊明是以一种形象化的方式来阐述这些哲理的，这种方式符合诗歌这种文体的特点，因此，有很高的审美价值。

尽管陶渊明在文学史上的地位主要是因为他的诗歌创作而确立，但有不少人更喜欢他的文章。陶渊明的辞赋与散文，虽然数量不多，但篇篇精彩。他的散文有两个特点，第一是感情的诚挚真切，第二是形象的生动传神。比如说《祭程氏妹文》回忆他和妹妹之间亲密的关系和深厚的感情，对妹妹的死充满了悲痛与伤悼。而在《与子俨等疏》中写他因为自己"性刚才拙"，辞官回家，使得这些孩子从小饥寒，流露出一个有责任感的父亲应有的内疚之情。这些情感的表露都很真实，也很感人。

至于陶渊明散文对形象的描绘，我们可以将其分为两类，第一类是写景物，第二类是写人物。在他的诗歌《游斜川》中的一段序言，对斜川的景物有一段描写：

> 辛丑正月五日，天气澄和，风物闲美。与二三邻曲，同游斜川。临长流，望曾城，鲂鲤跃鳞于将夕，水鸥乘和以翻飞。彼南阜者，名实旧矣，不复乃为嗟叹。若夫曾城，傍无依接，独秀中皋，遥想灵山，有爱嘉名。

这样的风景描写读来让人心旷神怡。《桃花源记》中也有环境描写，他首先描绘桃花源的外部环境与发现过程："忽逢桃花林，夹岸数百步，中无杂树，芳草鲜美，落英缤纷……林尽水源，便得一山，山有小口，仿佛若有光。便舍船，从口入。初极狭，才通人。复行数十步，豁然开朗。"写得优美而神秘。而其内部环境呢，则是"土地平旷，屋舍俨然，有良田、美池、桑竹之属。阡陌交通，鸡犬相闻。其中往来种作，男女衣着，悉如外人。黄发垂髫，并怡然自乐"。自然环境舒适宜人，社会风貌安宁祥和，这样就生动地展现了理想社会的生活图景。

而陶渊明对人物的勾勒，则称得上是"传神"，最典型的莫过于上引的《五柳先生传》。这篇文章只有200多字，但以精粹的文字描写了作者的日常爱好、生活态度与思想性情。读过以后，一个温和闲静、豁达洒脱的形象便活生生地在我们眼前浮现出来，这样的笔墨称得上是"高妙"。

陶渊明的赋作有三篇，三篇都有很高的水准，成就最高的无疑是《归去来兮辞》，此篇赋融叙事、绘景、抒情、说理于一体，叙事之简约生动、感情之愉悦欣快、态度之通脱达观、境界之高妙深远都给人留下了深刻的印象。所以，欧阳修说："晋无文章，惟陶渊明《归去来兮辞》一篇而已。"① 这种说法虽然有些夸张，但能说明在一味讲究辞藻、用典、对偶的六朝，陶渊明文章的独特价值。

值得一提的是，陶渊明除了对中国文学有很大的贡献以外，他也深刻地影响了中国知识分子的价值观念与生活态度。陶渊明用他的文学创作与生活实践真正展示了隐逸生活的价值与乐趣。在陶渊明之前，隐居生活往往与苦行相联系。但是陶渊明以其富有魅力的笔触最大程度地渲染了避世的诗意境界，从而引起了广泛的共鸣。这种人生的快乐，不需要孜孜不倦的追求才能得到，它即存在于日常的世俗生活中。君不见陶渊明的生活，有稚子绕膝的愉悦，邻居间对酒闲聊的融洽；有田园耕作后休养生息的闲适，纵酒豪饮后的迷醉；有空闲时啸傲东皋的舒畅，琴书自陶时的欢娱；有下卧北窗，凉风暂至时的满足，有南山东篱采菊时的悠然。这种人人都会经历、人人都会实现的日常生活场景，正是生存之乐的来源。人

---

① （北宋）苏轼：《东坡志林》卷七，载《四库全书》第863册，第68页。

生的价值就在于体验、享受这种安宁与幸福。陶渊明诗化了世俗日常生活，赋予世俗日常生活以最高的价值。这种人生价值的实现方式，具有极大的世俗性与普泛性。功名富贵并不是人人都可以实现的，纵欲狂放并不是人人都能接受的。陶渊明的生活却不需要什么外部条件，同时也不至于受到内心道德准则的拒斥。这样，陶渊明开辟了一条大多数人都可以达到的实现人生最高价值的途径。特别是当知识分子从政治性的退避转变为全面的社会性的退避时，田园生活更是成了理想破灭者的温柔乡，官场失意者的安乐窝。因此，陶渊明的人生实践，构成了后世士大夫一直追求的一种人生境界。所以，陶渊明的影响绝不仅仅局限于文学界。

陶渊明年谱 ①

365 年（晋哀帝兴宁三年，乙丑）

陶渊明生，一岁。晋哀帝薨。

368 年（晋废帝太和三年，戊辰）

陶渊明四岁，程氏妹生。

372 年（晋简文帝咸安二年，壬申）

陶渊明八岁，父亲去世。

376 年（晋孝武帝太元元年，丙子）

陶渊明十二岁，庶母去世。

379 年（晋孝武帝太元四年，己卯）

陶渊明十五岁，叔公陶范担任江州刺史。

---

① 本年谱是在逯钦立《陶渊明事迹诗文系年》基础上，加以补充、修改、删减而成。见逯钦立：《陶渊明集》附录，中华书局 1979 年版，第 201—230 页。

381 年（晋孝武帝太元六年，辛巳）

陶渊明十七岁，从弟陶敬远出生。

383 年（晋孝武帝太元八年，癸未）

陶渊明十九岁，叔公陶范不再担任江州刺史，家道开始衰落。

389 年（晋孝武帝太元十四年，己丑）

陶渊明二十五岁，大概于此年第一次结婚。

391 年（晋孝武帝太元十六年，辛卯）

陶渊明二十七岁，长子阿舒出生，取名陶俨。

392 年（晋孝武帝太元十七年，壬辰）

陶渊明二十八岁，次子阿宣出生，取名陶俟。

393 年（晋孝武帝太元十八年，癸巳）

陶渊明二十九岁，第一次出仕，担任江州祭酒，时江州刺史为王凝之。少日即解归，归田后于柴桑、上京闲居。

394 年（晋孝武帝太元十九年，甲午）

陶渊明三十岁，双胞胎阿雍、阿端出生，取名陶份、陶佚。第一任妻子当于是年去世。

396 年（晋孝武帝太元二十一年，丙申）

陶渊明三十二岁，继娶翟氏。孝武帝薨，安帝继位。

398 年（晋安帝隆安二年，戊戌）

陶渊明三十四岁，第五子阿通出生，取名陶佟。桓玄任江州刺史。

399 年（晋安帝隆安三年，己亥）

陶渊明三十五岁，担任桓玄幕僚。

400 年（晋安帝隆安四年，庚子）

陶渊明三十六岁，为桓玄出使建康，作《庚子岁五月中从都还阻风于规林》二首。

401 年（晋安帝隆安五年，辛丑）

陶渊明三十七岁，此年请假返家。七月还江陵销假。作《辛丑岁七月赴假还江陵夜行涂口》。冬天，母亲孟氏去世。刘遗民担任柴桑令。

402 年（晋安帝元兴元年，壬寅，三月后桓玄改年号为大亨）

陶渊明三十八岁，在家服丧。

403 年（晋安帝元兴二年，癸卯）

陶渊明三十九岁，是年春作《癸卯岁始春怀古田舍》二首。是年冬，刘遗民弃官，隐于庐山之西林。十二月，桓玄篡晋，称楚，改元永始。贬晋安帝为平固王，迁之寻阳。是月，陶渊明作《癸卯岁十二月中作与从弟敬远》。

404 年（晋安帝元兴三年，甲辰）

陶渊明四十岁，服丧期满，东下赴京口，担任镇军将军刘裕的参军，有《始作镇军参军经曲阿》。

405 年（晋安帝义熙元年，乙巳）

陶渊明四十一岁，是年改任江州刺史、建威将军刘敬宣参军。三月，为刘敬宣出使赴建康，作《乙巳岁三月为建威参军使都经钱溪》。八月，任彭泽令。十一月，程氏妹丧于武昌，弃官返家。

406 年（晋安帝义熙二年，丙午）

陶渊明四十二岁，移居园田居，作《归园田居》五首等。

407 年（晋安帝义熙三年，丁未）

陶渊明四十三岁，作《责子》《祭程氏妹文》。

408 年（晋安帝义熙四年，戊申）

陶渊明四十四岁。此年六月，家中遇火，住宅财产焚烧殆尽，只能居住于湖面船上。作《戊申岁六月中遇火》。

409 年（晋安帝义熙五年，己酉）

陶渊明四十五岁，九月，作《己酉岁九月九日》。

410 年（晋安帝义熙六年，庚戌）

陶渊明四十六岁，还上京旧居，作《还旧居》。九月，作《庚戌岁九月中于西田获早稻》。

411 年（晋安帝义熙七年，辛亥）

陶渊明四十七岁，移居南村，作《移居》二首。八月，作《祭从弟敬远文》。

412 年（晋安帝义熙八年，壬子）

陶渊明四十八岁，作《与殷晋安别》。

413 年（晋安帝义熙九年，癸丑）

陶渊明四十九岁，州府征其为著作郎，不就。与雁门周续之、彭城刘遗民并称"寻阳三隐"。作《五月旦作和戴主簿》。

414 年（晋安帝义熙十年，甲寅）

陶渊明五十岁，作《杂诗》（其六）。《游斜川》也可能作于是年岁初。

415 年（晋安帝义熙十一年，乙卯）

陶渊明五十一岁，痁疾一度加剧，作《与子俨等疏》《拟挽歌辞》三首。

416 年（晋安帝义熙十二年，丙辰）

陶渊明五十二岁。颜延之为江州刺史刘柳后军功曹，到寻阳后，与陶渊明成为邻居。八月，左将军檀韶为江州刺史，请周续之出州，与祖企、谢景夷三人共在城北讲礼校书，所住公廨近于马队，作《示周续之祖企谢景夷三郎》。八月，作《丙辰岁八月中于下潠田舍获》。

417 年（晋安帝义熙十三年，丁巳）

陶渊明五十三岁，作《赠羊长史》。

418 年（晋安帝义熙十四年，戊午）

陶渊明五十四岁，州府征著作郎，不就。王弘以辅国将军为江州刺史，设计在庐山与陶渊明相见，交谈甚欢，后常以酒馈赠。陶渊明成为州府座上客。作《怨诗楚调示庞主簿邓治中》。十二月，宋王刘裕杀晋安帝司马德宗，立司马德文为帝，改元元熙。

420 年（宋武帝永初元年，庚申）

陶渊明五十六岁。六月，刘裕篡晋称宋，改元永初。

421 年（宋武帝永初二年，辛酉）

陶渊明五十七岁，此年秋天，作《于王抚军座送客》。

424 年（宋文帝元嘉元年，甲子）

陶渊明六十岁，久病。颜延之为始安太守，途经寻阳，以钱二万相赠，陶渊明悉送酒家，稍就取饮。

426 年（宋文帝元嘉三年，丙寅）

陶渊明六十二岁。五月，檀道济为江州刺史，后去探望贫病中的陶渊明，馈以粱肉，陶渊明麾而去之。

427 年（宋文帝元嘉四年，丁卯）

陶渊明六十三岁。九月，作《自祭文》。十一月，卒。谥曰靖节。

主要参考书目

《重定陶渊明诗笺》，古直笺，李剑锋评，山东大学出版社 2016 年版。

《陶渊明集》，逯钦立校笺，中华书局 1979 年版。

《陶渊明集校笺》，龚斌校笺，上海古籍出版社 1996 年版。

《陶渊明集笺注》，袁行霈笺注，中华书局 2003 年版。

《陶渊明年谱》，（宋）王质等撰，中华书局 1986 年版。

《陶渊明年谱》，邓安生撰，天津古籍出版社 1991 年版。

《古典文学研究资料汇编·陶渊明卷》，北京大学、北京师范大学中文系编，中华书局 1962 年版。

《金明馆丛稿初编》，陈寅恪撰，生活·读书·新知三联书店 2015 年版。

《魏晋南北朝史论丛续编》，唐长孺撰，河北教育出版社 2000 年版。

《东晋门阀政治》，田余庆撰，北京大学出版社 1989 年版。

《中国地方行政制度史·魏晋南北朝地方行政制度》，严耕望撰，上海古籍出版社 2007 年版。

《魏晋的自然主义》，容肇祖撰，东方出版社 1996 年版。

《中古文学史论》，王瑶撰，北京大学出版社 1998 年版。